Der Herbsthimmel

In jede Seele sich das Leben niederschreibt,
für niemanden lesbar und doch verewigt.

8 Erzählungen von saemulanz

Schön, wenn einem Dinge in den Sinn kommen, die ein
Genie schon gedacht hat, sinniert der Papagei.
saemulanz

Verlag und Druck:
tredition GmbH
Halenreie 40-44
22359 Hamburg
978-3-347-29060-0 (Paperback)
978-3-347-29061-7 (Hardcover)
978-3-347-29062-4 (e-Book)

Inhaltsverzeichnis:

Anklopfen am Tor des Jenseits

Tom blickte in den Garten, als ihn die Stimme vom Alten am Telefon aus dem Spiel mit den Enkeln holte. – Stille. Das Lachen und Plaudern der Kinder nahm seinen Lauf. – Er sass an seinem Tisch im Atelier, schwieg. Die Kinder merkten, dass sie ihn jetzt allein lassen sollten, und verliessen den Raum. Herbstgewölk türmte sich über den Sieben Hengsten, einem Gebirgszug, auf. Grauweisse Körper mit üppigen Windungen berührten die schroffen Bergkanten der Alpengipfel. Ab und an fand ein Sonnenstrahl eine Lücke in der dichten Wolkendecke. – «Rita wird sterben,» sagte ihm die leise, aber bestimmte Stimme des Alten. – «Krebs. Eine Entzündung im Fuss hat den Krebs an der Bauchspeicheldrüse, die Schicksalsdiagnose ans Licht gebracht.» – Das Blätterwerk der grossen Akazie in der östlichen Gartenecke hatte sich verfärbt, braune Hüllen der Fruchtstände hingen zwischen den welkenden gräulichen Blättern, um ihnen über den Winter Gesellschaft zu leisten. Die kahlen abgestorbenen Äste reckten in den Herbsthimmel. Krähen, Elstern und manchmal ein Rotmilan besuchten sie und hielten ein. Im Garten orangefarbene Kürbisse, letzte tiefrote Himbeeren, einzelne gelbe Blüten der letzten Zucchetti, das erste Wintergemüse, Lauch und Kohl, wartete darauf, geerntet zu werden. Dazwischen noch blühende Frauenherzen. Es war kühl und doch zu warm für diese Jahreszeit. – «Und plötzlich ist alles ganz anders. Wir sind tapfer!», erfuhr er von des Alten weinerlicher Stimme. Humor habe aber in ihrem Alltag noch Platz. Das Lachen sei Medizin für die Seele.

Tom dachte an Rita. An die scheinbar unscheinbare bescheidene Frau an des Alten Seite, an die gute Seele, das kraftvolle, zuverlässige Fundament der Gemeinschaft auf dem Hof. Überall liessen sich ihre Spuren entdecken. Klare, bestimmte Zeichen einer wunderbaren Frau. Es gab wenig Menschen, die so vielsagend schwiegen. Sie zählte dazu, die feine, aber kräftige Zuhörerin in der tiefgrünen seidenen Bluse, den schwarzen Jeans, die still am Tisch sass, im Atelier zwischen den Keramikobjekten auftauchte oder am Brunnen vor dem Haus Getränke kühl stellte und lachte. Sie war Mutter, Ehefrau, Freundin, Töpferin, Bäuerin, Köchin, Gärtnerin, Partnerin, viel mehr, dachte er, während er dem Alten weiter zuhörte und nach Worten suchte, um ihn zu trösten. Sie wird fehlen. «Gläubig ist sie nicht», sagte der Alte. «Sie findet in ihrer Lage Halt in den fernöstlichen Philosophien. – Im Leben.» Tom wusste, sie war tapfer. Sie akzeptierte ihre Situation. Sie blickte ihr realistisch entgegen. Mit beiden Beinen stand sie auf dem Boden und tröstete ihr Umfeld mit ihrer Stärke. Einmal mehr gab ihm Rita Anlass zur Bewunderung mit ihrer zurückhaltenden, aber manifesten Haltung beim Anklopfen am Tor des Jenseits.

Dans le train literaire

Am 14. Januar dreizehn Uhr null vier verlässt der Zug den Berner Hauptbahnhof Richtung Freiburg, Romont, Lausanne, Genf. Aline hat die Reise organisiert. In Genf überschreiten sie die Grenze und begeben sich auf den Bahnsteig des Regionalzugs, der sie nach Lyon bringen wird. Nach dem Studium der Tageszeitung – Tom erinnert sich kaum mehr an eine Nachricht – wendet er sich dem Autoren Antonio Tabucchi zu: «Tristano stirbt». Zwischen Morphiumträumen, Gesprächen mit dem Freund, dem Schriftsteller und Erinnerungen hin- und hergerissen stirbt der Protagonist vor sich hin. Es ist, als zersetze sich sein Geist, sein Körper ähnlich dem gescheiterten Widerstand gegen die Herrschenden, die Kapitulation der Anarchisten trotz des Sieges gegen die Faschisten, zerfressen von den Würmern des Kapitalismus, durchsetzt mit Liebesgeschichten getragen von der Lust, der sich begehrenden Körper der Liebenden reihen sich Satz an Satz. Eine Reise durch die Verstecke der Partisanen Italiens, Spaniens, Griechenlands. Am Schluss hoffnungslos auf dem Totenbett dahinsiechend, erstickend am Gestank des Wundbrandes des rechten Beins. Er will es sich nicht amputieren lassen. Die Landschaft taucht in die Abenddämmerung, in den Abendnebel, entschwindet dem Blick hinter dem weissen Vorhang der Ungewissheit. Bellegarde ist der letzte Halt vor der Reise auf sicheren Schienen entlang des mäandernden Flusses Richtung Lyon. Verschleierte Baukuben künden die Grossstadt an. Der Sterbende bäumt sich ein weiteres Mal auf, verlangt nach Wasser, um seinen

Lebensdurst zu stillen, bevor er von den Buchdeckeln zum Schweigen gebracht wird und in der Aussentasche des Koffers verschwindet. Sie steigen um in den TGV nach Marseille. Der Bahnhof kann die Reisenden kaum verdauen. Es ist Freitag kurz nach Feierabend. Der Bahnhof Lyon wird zur Windrose und verteilt mit seinen Zügen die Menschen nach Westen, Norden, Osten und Süden. Die letzte Etappe der Reise beginnt. Im Tunnel der Nacht rauschen sie mit Höchstgeschwindigkeit Richtung südlicher Küste. Man erwartet sie. Zwei Freunde weilen in Marseille, um sich von den Strapazen der letzten Filmprojekte zu erholen. Marseille – Tom liebt Marseille. Er war schon ein paar Mal hier. Tristano rebelliert. Er will, dass er sein Schicksal weiter mit ihm teile. Er befreit ihn aus dem Koffer. Aline schläft. Erneut taucht er ein in die Gleichzeitigkeit verschiedener Schauplätze, die Vergangenheit und Zukunft zur Gegenwart werden lassen und die Zwangsjacke des Unabwendbaren enger schnallen. Sinnliche Erinnerungen bleiben die einzigen Lichtblicke im hoffnungslosen Kampf gegen die unwiderrufliche Zersetzung des Körpers. Es ist beinahe unerträglich, nur ein paar Seiten noch, er lässt sich die Vorfreude auf ein Wochenende an der französischen Mittelmeerküste nicht verderben. Er will die ihn erwartenden sinnlichen Lichtblicke geniessen. Die Wärme der versprochenen Januarsonne, die Gaumenfreuden der Fischküche, den lieblichen Wein des französischen Südens. Der Zug verliert an Geschwindigkeit. Aline wacht auf, wähnt sich in Avignon. Der Lautsprecher auf dem Bahnhofsteig heisst sie in Marseille willkommen. Sie hat die Reise verschlafen, verschont von der Widerwärtigkeit des Widerstands, welche die Partisanen im Zweiten Weltkrieg erfuhren. Ob er auch geschlafen habe, fragt sie. Nein, antwortet er, der sterbende Tristano habe ihn beschäftigt. Der Buchrücken blinzelt ihr zu, bevor das Buch erneut in der Aussentasche des Koffers verschwindet. Der Zug leert sich. Sie stehen auf dem Gehsteig und strömen mit der Masse der Reisenden Richtung Bahnhofausgang. Ihre Freunde winken ihnen zu. Umarmungen, Willkommensgrüsse, das Beteuern gegenseitiger Freude des Wiedersehens. Bevor sie den Bahnhof verliessen, müssten sie sich den Blick von der Bahnhofterrasse auf die Stadt gönnen. Ein Lichtermeer unter dem von Sternen und zunehmendem Mond strahlenden Firmament der Nacht. Steile Rolltreppen bringen sie in den Hades der Stadt. An den Schauplatz der Marseille-Trilogie von Jean Claude Izzo. Mit der Métro fahren sie zum alten Hafen, wo sie das Hotelzimmer erwartet. 33, die Zimmernummer entspricht der Hausnummer am Zuhause in Bern. Sie sind zu Hause angekommen. Das Hotel «Belle-Vue» bietet ihnen Sicht auf die Notre-Dame de Marseille, der grossen Kathedrale auf einem der sieben Hügel der Hafenstadt. Aline ist ob der wunderbaren Aussicht begeistert. Kurz frischgemacht geht's auf ins Italienerviertel und auf die Suche nach einem geeigneten Lokal für das Nachtmahl. Durch leblose Gässchen hindurch finden sie dank der Wegbeschreibung einer trunkenen Einheimischen, die in den Strümpfen in den Händen die ausgelatschten Schuhe durch die Gasse zieht, schliesslich das verheissungsvolle Lokal. Es ist kein Platz frei. Ob sie eine Viertelstunde warten möchten. Sie verkürzen sich die Zeit zwischen Buffet und Toilette stehend mit einer Flasche

Rosé und beobachten das Treiben. Sie dürfen sich freuen. Eine charmante Bedienung, dampfende Platten voll Fisch, Fleisch und anderen Leckereien. Ein Vierertisch wird frei. Sie setzen sich, erhalten die Karte, bestellen vertrauensvoll, es werde schon recht sein, eine zweite Flasche Rosé, Pizza, Tintenfischsalat, mmh, ahh, ein Schluck Rosé, mmh, ahh, eine weitere Flasche Rosé, mmh, ahh, frisches Brot, knusprig mit dem typischen Geschmack, mmh, ahh, eine Flasche Rotwein zum Fleisch, butterzart mit würziger Kruste und blutrotem Innerem, schweigend schwärmen sie weiter betört vom sinnlichen Rausch der Gerichte mmh, ahh. Er weiss nicht, ob er das Lokal wiederfinden würde. Suchen würde er es immer wieder, auf jeden Fall. In der Stadt der Hügel ist die Orientierung sehr einfach: Immer, wenn man hinuntergeht, kommt man zum Meer. So finden sie denn auch problemlos ihr Hotel. In der Bar im ersten Stock herrscht Betrieb. Drei junge Musiker spielen Jazz, Funk und Pop- Standards, Tom und Aline geniessen die angenehme Stimmung und genehmigen sich ein paar Night Caps, bevor sie sich trunken verabschieden und für morgen zum Frühstück in der Absteige ihrer Freunde verabreden. Eine traumvolle Nacht. Am Quai des alten Hafens herrscht Betrieb. Es ist kurz nach neun. Blumenhändler haben ihre Stände eingerichtet. Schnittblumen, Blumentöpfe, ein buntes Angebot. Sie beobachten das Treiben vom Hotelfenster aus und geniessen die über dem Hafen liegende Morgenstimmung. Es ist Januar, sie können es kaum glauben. Die zahlreichen Segelboote wiegen sich auf den Wellen der Morgenbrise, die Masten und Taue geben ihr Morgenkonzert – eine beschwingte, elegante

Ouvertüre, die einen schönen Tag verspricht. Im Fernsehen erfahren sie von der Revolution in Tunesien. Das Volk freut sich und skandiert «Freiheit, Freiheit, Freiheit!». Sich zwischen den Dingen entscheiden zu können, bedeutet Freiheit. Frisch geduscht und frohen Mutes machen sie sich auf den Weg. An einem der Stände erstehen sie einen prachtvollen Rosenstrauss, zartrosa Blumen mit fein grün geäderten Blütenblatträndern. Ausgerüstet mit Geschenken – Aline hat das Fotoalbum für ihre Freunde mit Bildern des gemeinsamen Weihnachtsessens aktualisiert – warten sie auf den Bus, die Nummer 83, die sie zur Wohnung der Freunde bringt. Marta steht unweit von der Haltestelle auf dem Trottoir, in den Händen eine Schachtel mit Süssigkeiten und frische Brote für das Frühstück. Durch eine Eisentür gelangen sie über eine steile Treppe hinunter zum Meer. Eine prachtvolle Lage, ein wunderbares Nest für die beiden, denkt Aline. Paul empfängt sie im Trainer. Er hat das Frühstück vorbereitet. Sie lacht, er könne die Spuren der letzten Nacht nicht verstecken. Er habe wohl genug getrunken, bestätigt Paul und erinnert sich an den Wein. Nach einem ausgiebigen Morgenessen machen sie sich auf den geplanten Stadtrundgang. Sie verlassen die kleine Wohnung am Meer und besuchen das angrenzende Quartier mit weiteren kleinen Fischerhäusern, die hauptsächlich noch von Touristen genutzt werden. Das Mittelmeer zeigt sich in den schönsten Farben; türkisblau, Yves Klein blau, Wellen brechen sich, getrieben von der Morgenbrise, an den Steinen der Küste. Die vor der Bucht von Marseille liegenden Inseln erinnern an Walrücken. Zahlreiche Segelboote suchen den Weg hinaus auf das offene Meer. Sie fängt die fantastischen Stimmungen mit ihrer Leica ein. Es ist Januar, ein Samstagmorgen, kaum zu glauben. Er schwitzt im T-Shirt. Die Sonne wärmt sie wie im Frühling. Nach einem kurzen Spaziergang entlang des Strandes queren sie die Hauptstrasse, um den Hügel der Notre-Dame zu erklimmen. Vorbei an typischen Villen und Gärten mit Palmen, blühenden Rosen, durch einen Park mit Pinien und mediterranen Sträuchern erreichen sie die Plattform der Kathedrale, die ihnen die Sicht auf ganz Marseille freigibt. Sanfte blassblaue Berge begrenzen die Stadt, das Häusermeer zwischen Bucht und Hinterland. Hochseeschiffe im Personenhafen wirken wie kleine Barkassen. Einzelne Bauten ragen heraus, der Bahnhof, die Docks, die Festungen der Fremdenlegion, das Fussballstadion, neue riesige Wohnblöcke direkt vor den Bergen. Nach einem Besuch der geweihten Räume tauchen sie ab in die Gassen der Innenstadt auf dem Weg zum Markt der ungläubigen, den gläubigen Muslimen, zum Markt der Araber. Die rechtwinklige Ausrichtung der Strassen erinnert an den Stadtplan von New York. Immer wieder öffnen sich die Strassenschluchten zu einladenden Plätzen mit Strassencafés. Die Menschen geniessen die milde Januarstimmung. Viele glückliche Kindergesichter queren ihren Weg. Ihr brauner Teint, das dichte schwarze lockige Haar und die dunklen strahlenden Augen faszinieren. Die Menschen sind oft auffallend schön. Sie scheinen Wert auf gepflegte Schuhe zu legen. Aber auch versiffte Bettler und Junkies zieren die Strasse. Auf dem Cours Julien trennen sie sich. Marta ist fiebrig. Paul begleitet sie nach Hause. Aline und Tom lassen sich in einem der Cafés nieder, bestellen ein Bier und einen Salade niçoise, sie erfreuen sich am Beobachten der Leute. Ein Araber uriniert an einen Kandelaber, an den wenig später ein anderer Araber die Füsse seines Marktstandes festkettet. Ein alter Mann quert mit einem klingenden Koffer den Platz, ein Schwarzer tanzt zu den Rhythmen von Reggae-Musik. Frisch gestärkt erwandern sie andere Quartiere der Stadt. Vom erhöhten Cours Julien begeben sie sich hinunter in die autofreie Strasse, die sich zwischen Triumphbogen und Obelisk aufspannt. Wie zum Scheren eingepferchte Schafe drängen sich die Menschen durch die Einkaufsschlucht der Läden, die mit günstigen Angeboten locken. Es ist Ausverkauf. Für viele ein Grund, um sich Unnötiges billig zu erstehen. Die Läden platzen aus den Nähten. Hier herrscht emsiges Treiben. Während in Tunesien die Leibgarden des gestürzten Präsidenten die Läden plündern, feilscht man in Marseille um gute Preise. Sie quälen sich durch die Menschenmassen Richtung Triumphbogen. Die Strassen sind immer mehr in der Hand der arabischen Bevölkerung. Strassenhändler bieten Parfüms, Lederwaren, Sonnenbrillen und Turnschuhe an. Es herrscht Basar-Stimmung. Es wird gehandelt. Zwischen Bauruinen wird Petanque gespielt. In Kopftücher gehüllte Frauen hüten die Kleinkinder auf den Spielplätzen, sitzen auf Kartons im Park. Hinter dem Triumphbogen kommen sie ins Niemandsland. Trotz der warmen Wintersonne erfasst sie ein beklemmendes Gefühl, das sie zurück in die wenig bevölkerten Strassen treibt. Zwischen historischen Altbauten mit staubbedeckten Fassaden, verlassenen Wohnungen und noch unbewohnten Neubauten, Zeugen zeitgenössischer Architektur, nähern sie sich dem Hafen mit den renovierten Docks. Er ist ein wichtiger Schauplatz kultureller Ereignisse. Es wird eifrig gebaut. Baustelle und Stadtsilhouette vereinen sich zu einer utopisch technoiden Landschaft. Daneben beherrscht eine massive mit in Grau-Schwarz-Weiss gehaltenen Quadern gebaute Kathedrale das Quartier. Unweit davon spielen in einem käfigartigen Spielfeld Halbwüchsige Fussball. Das Quartier scheint eine Schnittstelle zwischen Wirtschaft, Bildung und Besinnung. Es ist kaum belebt. Über eine Treppenanlage zwischen Fort und Wohnblöcken finden sie zurück zum alten Hafen. In einer der Bars geniessen sie einen Campari Orange und die Farben der Abenddämmerung mit einem türkisblauen Meer. Der Quai ist bevölkert von den Einheimischen, keine Touristen. Sie sind die einzigen. Fallen aber nicht auf. Vor dem Nachtessen erholen sie sich im Zimmer, dämmern vor sich hin und lassen die Tagesaktualitäten aus dem Fernseher auf sich hereinplätschern. Triumphierende Tunesier, bis auf die Zähne bewaffnet, freuen sich über den Sturz ihres Präsidenten Ben Ali. Landsleute im Exil träumen von ihrer baldigen Rückkehr in ihre Heimat. Es findet eine Revolution statt. Wut mischt sich mit Freude. Ihr Portable klingelt. Marta teilt ihnen mit, dass sie immer noch fiebrig sei und lieber im Bett bleibe. Das «Amadie» wird ihnen empfohlen. Paul habe bereits reserviert. Aline und Tom machen sich auf den Weg ins Restaurant für das Nachtessen. Im Lokal empfängt man sie freundlich, die Reservation wird ihnen von einer Mittvierzigerin bestätigt. Sie finden an einem kleinen Zweiertisch Platz. Fischsuppe zur Vorspeise, Milchlamm für sie und Kalbsleber für ihn nimmt der gesprächige Kellner die Bestellung auf, der sie für Italiener hält. Sie klären ihre Herkunft. Er erzählt von Bekannten, die in Martigny lebten. Sie geniessen ein Glas Weisswein aus der Region. Die Fischsuppe erfüllt ihre Träume. Sie nehmen Supplement. Zu ihrem Leid sind sie danach bereits satt. Wohl oder übel lecken sie am zweiten Gang. Sie stochern verlegen in den Tellern, lassen das meiste unberührt. Es sei eine Frage der Quantität, nicht der Qualität, entschuldigen sie sich mit einer Notlüge beim Kellner und versuchen es mit einem Dessert. Dabei bestätigt sich die Notlüge als Wahrheit, der Fruchtsalat und die Crème brûlée sind einfach zu viel. Der Kellner versucht ihnen mit einem Schnaps zu helfen. Es hilft nichts, sie haben sich an der Suppe übergessen. In der Bar des Hotels versuchen sie ihr Glück mit einem weiteren Bitter, erfolglos. Mit geblähten Därmen liegen sie stöhnend auf dem Rücken im Bett und schlafen dabei ein. Eine unruhige Nacht. Das Geräusch der Vibration des auf lautlos gestellten Handys weckt sie. Es ist 09:30 Uhr. Verschlafen schlurft sie unter die Dusche und beginnt den Tag. Er löst sie beim Duschen ab. Darauf setzen sie sich auf den Balkon der Bar. Frühstück im T-Shirt in der Januarsonne. Schon nur für dieses Frühstück hat sich die Reise nach Marseille gelohnt. Alle Plätze der ersten Tischreihe sind besetzt von Gästen, mit denen sie diese einzigartige Stimmung teilen. Auf dem Quai herrscht Betrieb. Hunde werden versäubert, Kleinkinder ausgeführt; wunderbare Paare, Grossväter mit Enkelinnen, Bodybildner mit Schosshündchen. Sie geniessen den frischen Kaffee, den Tee, die Schokocroissants, das Baguette, die fruchtige Konfitüre, den Fruchtsalat, das Joghurt – ein reichhaltiges Frühstück. Tunesien ist frei, lesen sie eine rote Schlagzeile auf der Titelseite der regionalen Sonntagszeitung. Was für ein Revolutionswetter, was für ein Revolutionsmorgen, was für eine Revolutionssonne, alles gute Boten für einen hoffnungsvollen Weg in die Freiheit, geht es Tom durch den Kopf. Auf dem Quai entdecken sie ihre Freunde, sie winken ihnen zu, kommen herauf und setzen sich an den einzigen freien Tisch in der zweiten Reihe. Sie geniessen gemeinsam einen weiteren Kaffee, einen weiteren Tee. Sie rühmen das Hotel, es sei weiterzuempfehlen. Tunesien sei frei, orientiert er Paul und Marta. Sie hätten auch schon davon gehört. Man brauche nur übers Meer zu fahren und schon sei man an einer Revolution, stellt Paul fest und erkundigt sich nach ihren Plänen. Viel Zeit bleibt nicht, um 13:43 Uhr fährt ihr Zug zurück in die Schweiz. Einfach sein, ist ihr Wunsch, spazieren, den Ort geniessen. Sie lassen das Gepäck im Hotel und schlendern zu den Fischständen im Hafenbogen. Einzelne Fische in den blassblauen Plastikbecken zucken noch, hauchen ihr Leben aus. Andere wehren sich zappelnd gegen den nahenden Tod. Bizarre Formen, manchmal gar an Meermonster erinnernd, liegen auf den Verkaufstischen der Fischer. Stämmige, kräftige, vom Wetter gezeichnete Männer und Frauen in dunkler Kleidung feilschen mit den Kunden. Aline dokumentiert einzelne Szenen mit ihrer Leica. Der Hafen lebt auch an einem Sonntag im Januar. Sie überqueren die Hauptstrasse und tauchen ein in die engen Gassen der angrenzenden Altstadt mit Bauten aus der Jahrhundertwende, vorbei an Schaufenstern mit Ausverkauf-Angeboten. Heute Sonntag sind die Geschäfte wegen des Ausverkaufs extra geöffnet. Die Bevölkerung macht rege Gebrauch von dieser Gelegenheit. Den belebten Teil des Quartiers lassen sie hinter sich, gehen vorbei an Schulanlagen, die mit starken Graffitis dekoriert sind, und nähern sich der Halbinsel mit dem Palais, den Napoleon für seine geliebte Gattin Joséphine bauen liess. Klassizistisch streng definiert er den Raum und die Sicht auf das Meer. Der tiefblaue Winterhimmel, das türkisblaue Meer mit feinen weissen Wellenkronen und die davor liegende blassgrüne Wiese komplettieren das Bühnenbild der flanierenden Menschen. Es bleibt ihnen wenig Zeit, die Bilder aufzunehmen. Kurz, aber intensiv geniessen sie das Schauspiel des Januarmorgens am Tag nach der Tragödie, der Revolution auf der gegenüberliegenden Küste. Sie wissen, dass es geschehen ist, spüren tun sie nichts. Der Bus bringt sie zurück zum Hotel. Sie holen das Gepäck und begeben sich zur unweit gelegenen Métro-Station. Marta und Paul bedanken sich für den Besuch. Aline gibt mit herzlichen Umarmungen ihrem Gefallen am Wochenende Ausdruck, Tom schliesst sich an. Die Rolltreppe verschluckt sie; sie entschwinden den Blicken der beiden. Zwei Stationen bis zum Bahnhof St. Charles. Auf Perron A trifft der TGV ein, der sie zurück in die Schweiz bringt. Ausgerüstet mit Sandwiches und Mineralwasser richten sie sich in ihrem Abteil ein. «Das Wochenende», ein Roman von Bernhard Schlink, verkürzt ihm die Zeit. Die Buchstaben haben es schwer, seine Aufmerksamkeit zu gewinnen. Erst die Küste, dann die weiten Flächen der typischen Provence-Landschaft mit weidenden Pferden und Kühen, kleine Dörfer und Städte, die an ihnen in horrendem Tempo vorbeisausen, ziehen sie in ihren Bann und entlocken ihnen Geräusche der Bewunderung und Faszination. Nicht ein Jauchzen, aber immerhin ein «Schau, wie schön!» wiederholt sich immer wieder auf ihren Lippen, nicht in der Lage, die Gefühle, das Staunen über so viele Impressionen auszudrücken. Das Tempo des Hochgeschwindigkeitszuges ist beeindruckend. Die vorbeiziehenden Bilder bleiben als unscharfe Eindrücke zurück. Der Titel seiner Lektüre passt. Im Roman wird Jörg von seiner Schwester Christina vom Gefängnis abgeholt. Er wird frühzeitig aus der lebenslangen Haft entlassen, der Bundespräsident hat ihn begnadigt. Die Geschichte spielt in Deutschland. Die Geschwindigkeit des Zuges beeinflusst seinen Leserhythmus. Aline scheint es mit ihrer Herta Müller gleich zu gehen. Er fliegt über die Worte, die Sätze, die Zeilen, als ginge es um ein Wettlesen. Der Inhalt der Geschichte lässt es zu. Jörg war ein Mitglied der Roten Armee Fraktion. Er hat getötet. Eine unbeteiligte Frau, die ihm auf seiner Flucht ihr Auto nicht überlassen wollte, einen Bankangestellten, einen Polizisten, einen Politiker, alles Arschlöcher des Establishments. Es war Krieg. Was für ein Buch, «Das Wochenende». Warum er es als Reiselektüre am Bahnhof in Bern erstanden hat, fragt er sich. Er kennt Bernhard Schlink, nicht persönlich, aber das eine oder andere Buch von ihm hat er gelesen, «Der Vorleser», «Die Sommerlügen»… Er mag seinen Stil, seine Sprache, seine Geschichten. «Das Wochenende» gefällt ihm auch. Es passt zu Antonio Tabucchis «Tristano stirbt» denkt er, es kommt ihm vor, als sei es eine Art Fortsetzung, die von der Gegenwart, der Revolution in Tunesien eingeholt wird. Dort sind die RAF-Mitglieder biedere Studenten, heissen Ali oder Mohammed. Im Gegensatz zu Schleyer gelingt Ben Ali die Flucht. Sein Geschichtsunterricht kommt ihm in den Sinn, der Film über die Französische Revolution. Wie damals in Frankreich wehrt sich das Volk auf der Strasse von Tunis. Bringt den Despoten zu Fall, der nach siebzig Jahren französischer Kolonialherrschaft von den Franzosen 23 Jahre getragen wurde und den Amerikanern bei ihrem Kampf gegen die islamischen Fundamentalisten nützlich war. Und dies alles auf dem Rücken der tunesischen Bevölkerung, die um ihr Leben fürchten musste und im Ausland, im Exil, Schutz fand. Die Tunesier haben den ersten Schritt zur Freiheit geschafft. Solidarität. Das vereinigte Volk ist stark. Jörg ist mit seiner Sache gescheitert. Zu gut ging es, geht es den revoltierenden Kindern der Kapitalisten. Niemand bezahlte mit ihm den Preis im Kampf für mehr Gerechtigkeit. Jörg, Tristano, Ben Ali – das Verarbeiten von Gedanken beim Lesen, geht es ihm durch den Kopf. Der Lautsprecher verkündet die baldige Ankunft in Lyon, er kehrt aus seiner Lektüre in die Wirklichkeit zurück. Ob ihr Buch gut sei, fragt er sie, das letzte «Atemschaukel» sei besser gewesen als «Reisende auf einem Bein», sagt sie, wendet sich dem Buch zu und verschlingt weiter Seite um Seite. Die von der Hinreise bekannte Flusslandschaft versinkt in der Abenddämmerung. Auf dem mäandernden Fluss glaubt er mehr Wasservögel zu erkennen als auf der Hinreise. Vielleicht täuscht er sich. Er weiss es nicht. Nach einer kurzen Lesepause wendet er sich wieder dem Buch zu. Seite 105. Sie treffen in Genf ein. Durchqueren der Zollmeile. Umsteigen. Speisewagen

Sektor B. Just vor seinen Füssen hält er. Die Leute drängen sich hinein. Aline ist in der ersten Klasse im Nebenwagen eingestiegen. Als er die Treppe hochkommt, hat sie bereits ein Zweiertischchen ergattert. Sie verstauen das Gepäck, setzen sich und bestellen einen Petit d'Arvigne, einen Weissen aus dem Wallis, dazu ein paar Kartoffelchips. Die Bücher liegen auf dem Tisch, bei ihr Herta Müller, bei ihm Bernhard Schlink. Wie «dans le train littéraire» kommt es ihm vor. Zwischen den Zeilen und Seiten ab und an einen Schluck Weisswein im fahrenden Zug trinken – ein Genuss. Sie ist mit ihrer Herta Müller «Reise auf einem Bein» am gewünschten Domizil angekommen. Die verbleibende Zeit der Reise vertreibt sie sich mit dem Lesen der «Zeit», ihrer Lieblingszeitung. Er ist in Schlinks «Wochenende» beim Samstag angelangt. Der Freitag ist mehr schlecht als recht über die Bühne gegangen. Christina hat sich allerdings sehr gefragt, ob es richtig war für Jörg, nach seiner Entlassung aus dem Gefängnis ein Wochenende mit Freunden auszurichten. Zu Hause im Bett wartet Tom auf das Eintreffen seiner Seele aus Marseille.

Am Ende der Welt

Er erinnert sich an ihre erste Begegnung. Er steht mit Marc, dem Direktor des Gymnasiums am «Berg» bei der Lichtsignalanlage vor dem Restaurant «Du Nord». Die Ampel ist rot. Es dürfte vor einem Jahr gewesen sein. Aline kommt mit dem Fahrrad auf sie zu. Sie warten auf das Queren der vom Morgenverkehr stark befahrenen Strasse. Marc und Aline kennen sich. Sie haben sich länger nicht gesehen. Er wird als der neue Lehrer am Gymnasium vorgestellt. Tom. Man wird sich sehen. Nach dem üblichen «Wie geht's?», beginnt Aline zu erzählen: von ihrer Ausbildung zur Bibliothekarin, davon, dass sie in die Bibliothek zurückkehrt, von ihrer Gluten-Unverträglichkeit, der Zöliakie, vom Chor, von der Jahresausstellung, von ihren Reisen.

Im «Du Nord»

Aline und Tom sitzen sich an einem Tisch gegenüber. Aline erhält Speisen ohne Mehl. Ein spezielles Dessert mit Schokolade. Tom nippt an einem Bier. Sie unterhalten sich mit ihren Tischnachbarn. Dazwischen immer wieder ein Augenkontakt. Ihre Blicke berühren ihn. Er ertappt sich beim Flirten. Die Zeit verfliegt im Nu. Beim Abschied gibt er mit drei Küssen und einer zarten Berührung ihres linken Ohrs mit den Fingern der rechten Hand seiner Zuneigung Ausdruck. Er glaubt in ihrem sanften Druck der rechten Hand auf seinem linken Oberarm eine Erwiderung zu spüren. Tom ist unsicher. Was geschieht ihm. Er weiss, dass sie Tee dem Kaffee vorzieht. Er weiss, dass sie roten Wein mag. Spanischen. Er weiss, dass sie Gluten nicht verträgt. Er weiss, dass sie sich gerne bewegt. Er weiss, dass sie Bücher liebt. Er weiss, dass sie braunblondes halblanges Haar trägt, dass der Scheitel, manchmal in der Mitte oder aber etwas nach links verschoben, ihre Haare teilt, dass sie sich mit einer anmutigen Bewegung die Haare aus dem Gesicht streicht. Er weiss, dass eine leichte Welle ihre Stirn akzentuiert. Dass sich ihre Stirn manchmal in Falten legt, dass unter ihren geschwungenen Brauen klare, ehrliche Augen glänzen, dass sie mit wenig Tusche ihre Wimpern unterstreicht. Dass ihn ihre Lippen an Sanddünen erinnern, die durch die diskrete Farbe leicht akzentuiert werden. Er weiss, dass sie gerne rote Pullover trägt, die den Blick auf ihren Hals und die Schultern freigeben. Diese Bilder erinnern ihn an sie. Immer wieder. Sein Wunsch, diese Bilder zu vertiefen, zu verfeinern, wächst.

Die Chorprobe
Tom begleitet Aline am Abend in die Chorprobe. Er hört ihre Stimme. Seine Augen folgen der Partitur. Er stimmt mit ein. Er singt den Bariton-Part. Vergisst, was um ihn herum passiert. Erfüllt vom Wohlklang des Gesangs. Ergriffen von der Traurigkeit der Bach-Kantate, der Leidenschaft des Liebesliedes von Mozart, der Heftigkeit der Hymne Beethovens.

Bei der Lichtsignalanlage stossen immer mehr Menschen zu ihnen.

In der Bibliothek

Tom sucht nach Möglichkeiten, sich mit Aline zu treffen. Ein gemeinsamer Pausenkaffee. Ein gemeinsames Mittagessen. Er besucht sie in der Bibliothek. Setzt sich neben sie. Er nimmt ihren Geruch wahr, saugt ihn förmlich ein. Am liebsten hätte er sie in seine Arme geschlossen. Jetzt weiss er auch, wie sie riecht. Ein kompletteres Bild der Bibliothekarin entsteht. Er geniesst es, mit ihr über die Bibliothek, über die zu bestellenden Buchtitel zu sprechen.

Die Reise nach Mainz

Tom war noch nie in Mainz. Er stellt sich vor, Aline zu begleiten, sich von ihr all die eindrücklichen Sehenswürdigkeiten zeigen zu lassen. Die Karte, die sie ihm beim Abschied auf dem Bahnhof zusammen mit den vier Lichtern geschenkt hat, trägt er in der linken Jackentasche. Er glaubt ihr dadurch näher zu sein. Naiv wie ein kleiner Junge. Sie reisst die golden glänzende Verpackung der Champagner-Truffes, die er ihr als Proviant mit auf die Reise gegeben hat, sorgfältig auf. Beisst sinnlich in eine der runden Kugeln und lässt die Schokolade auf ihrer Zunge, in ihrem Gaumen zergehen. Versüsst sich die Strapazen der Reise. In Mainz angekommen, macht sich Aline auf den Weg ins Hotel. Morgen wird sie das Gutenberg-Museum, die Chagall-Fenster und all die anderen Sehenswürdigkeiten besuchen. Tom kann nicht schlafen. Die ganze Zeit muss er an sie denken. Auch lesen kann er nicht. Er möchte mit ihr vor der Bibel Gutenbergs stehen. Mit ihr den Anblick der Bibel teilen. Mit ihr die gemalten Initialen bestaunen, die von Hand gemalten, reich verzierten Anfangsbuchstaben der Kapitel. Mit ihr die Buchdruckerei entdecken. In die Geburtsstätten ihres Paradieses, die Bibliotheken, eintauchen. Alles ist verzaubert. Er bummelt an ihrer Seite durch den Weihnachtsmarkt. Der heisse, süss-saure Glühwein erfüllt ihre Körper bis in die letzte Zelle mit einer durchdringenden Wärme. Die intensiven Farben der Dekorationen, die tiefgrünen Tannen, die Stechpalmen, geschmückt mit den rotgoldenen Kugeln, begleiten sie auf dem Weg zu den Kirchenfenstern von Chagall. Sie sitzen gemeinsam auf der harten Holzbank mitten im Kirchenschiff. Ihr Blick liegt auf den leuchtenden Farben. Sie sind bewegt von der empfundenen Unendlichkeit. Fasziniert davon, dem Geheimnisvollen, der Liebe etwas näher zu kommen. Aline fragt ihn in der Kathedrale nach seinen Gedanken. Nach seinen Gefühlen. Er streift ihre Haare zurück. Seine Lippen nähern sich ihrem linken Ohr. Er flüstert. Dass ihn die reichen kulturellen Schätze faszinieren. Dass ihn die Kathedrale aber immer auch an die Instrumentalisierung des Glaubens durch die Machtgierigen erinnert. Tom fällt es schwer, klare Gedanken zu fassen. Ihre Nähe macht ihn sprachlos. Er findet keine Worte, ihr zu sagen, wie er sich fühlt. Sie fehlen ihm auch, um ihr seinen Eindruck der wunderbaren Glasbilder zu beschreiben. Er glaubt, mit ihr an einem Wunder des Lebens teilhaben zu dürfen. Er empfindet Gefühle, die er seit Längerem vermisste. Sie verunsichern ihn. Er sitzt vor dem Bildschirm, beginnt zu schreiben. Hält ein, löscht das Geschriebene. Verharrt unverrichteter Dinge und verliert sich in Zeit und Raum in der Nacht. Am Morgen zurück in der Schule startet er im Lehrerzimmer seinen Computer. Öffnet das Mailprogramm. Er hofft, wagt es aber kaum zu glauben. Doch dann erscheint die Mailadresse, die ihm verrät: Aline hat ihm geschrieben. Er öffnet zuerst alle anderen Nachrichten. Liest, beantwortet oder löscht sie. Ihre Mail bewahrt er sich für den Schluss auf. Sie teilt ihm mit, dass sie sich auf den Mittwoch, ihr nächstes Date, freue. Er sitzt vor dem Bildschirm, will antworten. Einzelne Worte stellen sich ein. Sie überzeugen ihn nicht. Er löscht sie. Der Bildschirm bleibt leer. Er hat Angst, etwas Falsches zu schreiben.

Im Hallenbad

Es ist Mittwoch. Sie treffen sich im Hallenbad. Wenn sie wüsste, wie er das Schwimmen liebt, dass das Wasser sein Element ist, auch wenn er in einem Luftzeichen geboren ist. Er fühlt sich manchmal wie ein Seehund, stellt er sich vor. Taucht ab. Holt kurz Luft. Lässt sich durch die Wellen gleiten. Sie zieht konzentriert ihre Längen. Er schwimmt an ihrer Seite. Ganz nah, nur ein paar Tropfen trennen sie. Er hält sich zurück. Es fällt ihm nicht leicht. Wie schön es wäre, das Wasser zwischen ihren Körpern zu verdrängen. Die nasse Haut zu spüren. Sich mit sanften rhythmischen Bewegungen aneinander zu reiben.

Sie verpassen die Grüne Welle. Die Passanten ziehen an ihnen vorbei. Aline erzählt. Tom träumt weiter.

In der Jahresausstellung

Sie kommen zu früh in der Kunsthalle an, wärmen sich bei einem Cappuccino und einem Tee im nahe gelegenen Restaurant Kirchenfeld auf. An einem kleinen Tisch gleich rechts neben der Eingangstür finden sie Platz. Bekannte Gäste an den anderen Tischen stossen auf die bevorstehenden Feiertage an. Sie freuen sich, zum ersten Mal gemeinsam eine Ausstellung besuchen zu können. Sie liest ihm im «Bund» die Vorschau vor. Sie berichtet über die ausgewählten Künstlerinnen und Künstler, über deren Werke. Es seien noch nie so viele Frauen mit ihren Arbeiten vertreten gewesen. Junge, unbekannte Kunstschaffende seien neben vertrauten Namen zu entdecken. Die Malerei, die Zeichnung, aber auch die Fotografie seien angemessen vertreten. Der Artikel stimmt sie auf die Ausstellung ein. Sie bezahlen, lassen die gemütliche Gaststube zurück. Neugierig machen sie sich auf den Weg für neue gemeinsame Erfahrungen. Sie hakt sich mit dem linken Arm bei ihm ein. Durch die kahlen Äste der Bäume der Aareböschung blitzt das Licht des erleuchteten Münsters. Heute ist die längste Nacht. Die schwere Eichentür der Kunsthalle mit dem golden glänzenden Messingknauf öffnet sich, gewährt ihnen Einlass. Gut, dass sie etwas zu früh in die Kunsthalle am Brückenkopf der Kirchenfeldbrücke eintreten. So können sie noch etwas von den Kunstwerken sehen, bevor sie durch die vielen Leute verdeckt werden. Zwei bunte Gemälde mit geschwungenen Formen in intensiven Farben empfangen sie in der Eingangshalle. An der linken Wand hängen vier verschieden grosse Gemälde mit pastös aufgetragenen Farben, Malereien, in denen sich hinter vermeintlich abstrakten Formen Figuren entdecken lassen. Nach einem flüchtigen Blick auf die Fotografien an der rechten Wand der Eingangshalle machen sie sich auf den Rundgang. Sie sprechen kaum und betrachten konzentriert die verschiedenen Arbeiten. Der Austausch ihrer Blicke verrät die Übereinstimmung der Wirkung, der Betroffenheit, welche die Werke in ihnen auslösen. Er hat Kunst schon lange nicht mehr mit dieser Bezauberung wahrgenommen. Man sieht nur mit dem Herzen gut, lautet ein Satz aus «Le Petit Prince» von de Saint-Exupéry. Sie treffen an der Ausstellung viele bekannte Gesichter. Tauschen sich aus. Erhaschen dazwischen den einen oder anderen Blick von einem Kunstwerk. Vor „Alice" dem Werk von Véronique Zussau im halbdunklen Oberlichtsaal West, bleiben sie längere Zeit stehen. Auf der linken Seite scheint ein Hirschgeweih ähnliches silbernfarbenes Gebilde aus der Wand zu wachsen. Auf der Wandmitte ist eine leicht glänzende Fläche eines Kreises auszumachen. Darüber auf der rechten Seite steht eine zweite, kleinere Kreisform, ebenfalls in silbern glänzenden Schattierungen gehalten, das Bild eines Planeten suggerierend. Am Boden rechts davon steht ein Stapel von Plastikfolien, auf deren Oberfläche sich die Konturen eines Mädchens abzeichnen. Auf dem grossen glänzenden Kreis entwickelt sich über eine Projektion ein bewegtes Bild. Streichhölzer pyramidenförmig zu einem Spiel ausgelegt, zwei Händepaare, die abwechslungsweise Streichhölzer entfernen. Wer das letzte Streichholz nehmen muss, hat das Spiel verloren. Der Verlierer, das Händepaar am unteren Bildrand, wirft die ergatterten Streichhölzer unwirsch auf die Spielfläche mit dem zuletzt verbleibenden Streichholz zurück. Dieser Spielverlauf wiederholt sich in regelmässigen Intervallen. Die Besucher verlassen die Ausstellung. Das Personal räumt die Resten der Vernissage weg, sammelt die leeren Gläser ein, wischt die Brotkrumen auf den beiden Sockeln mit der sandsteinfarbenen Abdeckung zusammen, steckt die letzten Käsestücke und Salamischeiben auf den Platten in den Mund. Der Geräuschpegel folgt dem Decrescendo des unsichtbaren Dirigenten des Feierabends. Sie ziehen sich in die Toiletten zurück. Links von der Treppe ins Untergeschoss auf einem Zwischenpodest liegen die beiden Türen. Sie geht für kleine Mädchen. Er stellt sich auf die Schüssel für kleine Jungs. Zieht die Tür zu. Es wird dunkel. Sie warten einen Augenblick. Sie lauschen dem Pulsieren ihrer Herzen, dem regelmässigen Atem. Von draussen hören sie das Konzert der Geräusche des vorbeifahrenden Trams. Den Takt der Schritte vorbeigehender Passanten, unbekannte Schatten in der Nacht. Sonst nichts. Nach ein paar Minuten verlassen sie ihr dunkles Verlies und treffen sich auf der Treppe. Sie fassen sich bei den Händen und steigen ins Untergeschoss hinab. Ihre Augen gewöhnen sich an die Dunkelheit, akkommodieren die kleinen Zeichnungen an der Wand. Goldrahmen fassen die leisen Spuren der jungen Künstlerin. Sie erinnern ans Suchen, ans Verlorensein, an Sentimentales, an die Poesie von Raum und Zeit. Darauf folgen ihre Augen den Orten des Geschehens, «The Lights Went Out», der Titel entlockt ihren Lippen ein leises Lächeln, der leichte Druck ist die einzige Kommunikation. Am Ende des Raumes hängt ein grosses Gemälde, ein Zaun, mit Tusch, Harz, Wachs und Farbe auf Papier gemalt. Sie schlüpfen rechts davon durch die dunkle Vertiefung im Raum, die in den nächsten Saal führt. Die Dunkelheit ist ihnen vertraut. Sie verzaubert sie, verstärkt das Knistern ihrer Gefühle. Jedes Bild, das sich ihnen aus der Dunkelheit offenbart, wird ein bedeutender Schritt ihrer jungen gemeinsamen Geschichte. «Posen der Venus» als Metapher der Verführung. Elham, Awa, Rosa, Elke, Silke – fünf junge Frauen, denen sie auf der Strasse jederzeit begegnen können, posieren, als wären sie Skulpturen aus der klassischen Antike, eine in Stein gehauene Venus zum Beispiel. Sie wecken seine Begehrlichkeit. Wie gerne hätte er seine Hände unter Alines Pullover auf eine Entdeckungsreise geschickt. Er hat Mühe, sich auf die Bilder zu konzentrieren. Er stellt sich vor, die zarte Haut, die Topografie ihres Bauches zu erspüren, mit den Fingerkuppen ihren Nabel zu umkreisen, den Nabel seiner Venus, seiner Liebesgöttin. Tom spürt ihre Faszination für die Bilder. Ihre Neugierde, ihr Staunen, die intensiven Blicke, welche die Bleistiftzeichnungen an der Stirnseite des Projektraumes förmlich verschlingen. In der Dunkelheit erhalten die sorgfältig aneinandergereihten Bleistiftstriche etwas Räumliches. Sie ist verzaubert von der Einfachheit, die ihre wahre Qualität in der Dunkelheit preisgibt. Die drei folgenden Landschaftsbilder verraten ihnen wenig und schweigen im Schleier der Nacht. Auch von der Pariser Reise können sie in der Dunkelheit wenig ausmachen. Sie steigen ins Obergeschoss zurück, vorbei an den dunklen Kristallleuchtern. Sie sprechen nicht. Ein unsichtbares Netz verbindet ihr Empfinden, ihre Gedanken. Sie finden sich im Aare-Saal vor dem «Winterhaus». Schleichen hinein, umarmen sich, legen sich hin und vereinen sich im Traum, im Bewusstsein, der Liebe einen kleinen Schritt näher gekommen zu sein. Er hat Angst, etwas falsch zu machen. Er hat Angst, dass seine leisen Zeichen in einer unendlichen Stille verhallen. Er will ihnen fürs Zähmen Zeit lassen. Ihr Blick weckt ihn, führt sie zurück in die Ausstellung, zu den Ikonometrien. Sie sitzen vor einem schwarzen Bild neben zwei gräulichen Bildern mit einem strengen geometrischen Muster von orthogonalen rötlichen Linien, Senkrechten und Waagrechten, welche das Format in kleinere Flächen unterteilen. Die Farbe ist ganz sorgfältig aufgetragen, beim genauen Hinsehen kann man den Duktus auf den monochromen Farbflächen erkennen. Sie erinnern ihn an ihre Haut. Ein paar diagonal verlaufende Linien durchbrechen die strenge Ordnung der Waag- und Senkrechten, die Meridiane, welche das Bildformat in Quadrate und Rechtecke unterteilen. Ikonometrie, das Wort ist ihnen nicht bekannt. Sie erfahren, dass es die Proportionen, die Verhältnisse der Buddha-Skulptur, ein Muster des universalen Mitgefühls, beschreibt. Verhältnisse von Mandalas, die zu tantrischen Liebesbeziehungen führen, die von einer unbeschreiblichen Harmonie zwischen zwei Menschen bestimmt sind. Sein Kopf liegt auf ihrem Schoss. Er ist vollkommen entspannt und geniesst die Reise ihrer Hände auf seinem Körper. Ihre Fingerkuppen folgen seinen Meridianen, die sie durch sanften Druck aktiviert. Kreisende Bewegungen stimulieren ein unbeschreibliches Wohlbefinden. Mit dem linken Arm hat sie begonnen, anschliessend gewechselt zum rechten, hat dann die Schultern, den Hals und den Kopf mit ihren sinnlichen Händen verwöhnt. Er kann es kaum erwarten, ihr das Gleiche zu tun, sie mit seinen Händen in das Paradies des körperlichen Glücks zu entführen, das in diesen drei Bildern, in den Linien, Flächen und Farben verborgen ist und nur die Liebenden entdecken, erfahren. Es sind seine liebsten Bilder der Weihnachtsausstellung, eine Symbiose von Ordnung und Poesie.

Zurück auf der Strasse. Marc, Aline und Tom überqueren den Fussgängerstreifen. Auf der anderen Seite bei der Ampel trennen sich ihre Wege.

Am Ende der Welt
Dass er mit ihr ans Ende der Welt reist. Sie sich bei ihm einhakt. Sie gemeinsam einen Spaziergang durch den Schnee machen. Der Himmel sich in intensivem tiefem Blau präsentiert. Dass sie die Ruhe geniessen, welche dem Chor still singender Herzen gleich ihre Sinne erfüllt. Dass er sich ihr so nahe, so vertraut fühlt. Dass er dem Glück so nahe ist. Ist kein Traum, keine Vorstellung. Sie hat seine Einladung angenommen. Sie sind «am Ende der Welt» im gleichnamigen Restaurant mit den Holztischen, den Holzstühlen, mit den abgegriffenen Reservationsschildchen. Die ältere Dame mit der tiefroten Bluse und dem schwarzen Rock, mit den faltigen Händen, welche von einem arbeitsreichen Leben erzählen, fragt sie nach ihren Wünschen. Es riecht nach Geschnetzeltem, nach Pommes. Sie bestellen. Dazu zwei Glas Roten. Ja, den von der Region. Er kann kaum essen, verspürt keinen Hunger, geniesst es einfach, in ihrer Nähe zu sein. Er stellt sich vor, mit ihr auf

dem Meer des Nebels zu tanzen, zwischen Jura und Atlas. Die Absätze ihrer Stiefel zeichnen ihre gemeinsame Spur in die samtenen Wolken. Es wird eine Vollmondnacht. Die Liebe scheint ihm wie ein Dazwischen, das sich nicht denken lässt.

Auf der Insel der Aufklärung
Nach einem Bad im «Champagner» zwischen den quirlenden Luftblasen und mit harmonischen rhythmischen Bewegungen im erfrischenden Nass im städtischen Hallenbad fahren sie nach dem Ende der Welt auf die Insel der Aufklärung. Er parkt beim Hafen vor der Brücke zur Insel. Kahle Sträucher, Bäume, geschnittene Schilffelder flankieren den Weg. In der Ferne der Schrei einer Wasserralle. Der Nebel hängt tief über den Jurahöhen. Eiskristalle verzaubern den stillen Wald. Ihre kleine Hand liegt in seiner Hand in der Manteltasche. Das zärtliche Spiel der Finger spendet Wärme, die den ganzen Körper erfüllt. Ein Augenblick der Ewigkeit. Es gibt keine Zeit. Der Raum endet in der Unendlichkeit. Ihre Schritte sind der Takt des Weges, der sie in den Geist der Aufklärung entführt. Ihre Stimmen sind der Gesang der Sirenen, der sie mit der Lust der Romantik verführt. Ihr Spaziergang wird zum Tanz auf einer lichten Allee, zwischen den letzten rot leuchtenden Vogelbeeren, den knorrigen Erlen. Ab und zu fliegt eine schwarze Seele auf, setzt sich auf einen Baumstrunk, der in der erstarrten Sumpfwiese treibt. Spuren der Zivilisation tauchen auf. Verlassene Ferienhäuser, in den Vorgärten dunkle Gestalten, das Geräusch einer Motorsäge, zwischen Obstbäumen ein Feuer, dessen Energie in den

Winterhimmel verpufft. Ein sportlicher Fünfziger keucht auf seinem Mountainbike an ihnen vorbei. Mitten auf dem Weg steht ein merkwürdiges Gefährt mit einem in Decken eingehüllten Fahrgast. Ein stämmiger langhaariger brauner Hund zieht das Gespann. Er wird von einer eingemummten Frau geführt. Ein merkwürdiges Paar, das sie mit Festtagswünschen empfängt. Die Schatten der Wirklichkeit ziehen an ihnen vorbei. Sie sind der Trunkenheit der Liebenden ergeben, auf dem Weg der Insel Rousseaus. Die erste Umarmung. Was für eine romantische Aufklärung seiner Ahnung. Kein Wort ist treffend. Kein Satz ist gehaltvoll genug, um diesen Zustand zu erklären – oder, zurück im Paradies vielleicht. Vorbei der Zorn Gottes darüber, dass sie von den Früchten des Baumes der Erkenntnis genascht haben. Sie sind auf halber Strecke ihres Ausflugs. Sie finden sich auf dem Weg zum Cluniazenser-Kloster. Das Kreuz vor dem bewaldeten Hügel kündet die heilige Stätte an. Sie verlassen den Pilgerweg des Glaubens und folgen den romantischen Stimmen der Sirenen auf den Schiffssteg hinaus. Bleiern schwer liegt ihnen der See zu Füssen. Eine überwältigende Atmosphäre hüllt sie ein. Sie wird vom leisen Plätschern eines vorbeischwimmenden Gänsesägers unterbrochen. Am Ende des Steges angelangt schweifen ihre Blicke über den Jura, das gegenüberliegende Ufer und zurück auf die Halbinsel. Das Wasser ist glasklar. Die kaum wahrnehmbare Strömung zeichnet ein geschwungenes Muster, die Vogelperspektive einer Hügellandschaft, in den sandigen Grund. Die Reflektion des Himmels, gemischt mit den blassgrünbraunen Farbklängen des Ufers und dem sandigen beigen Grund, taucht das seichte Wasser des Sees in einen goldgrünen Glanz. In der Ferne hebt sich die dunkle Silhouette eines Kormorans vom Horizont ab. Surrealismus. Die Stimmung evoziert die Wirklichkeit des Unbewussten. Sie sehen mit den Augen der Liebenden. Ein erster Kuss, das sanfte Berühren ihrer Lippen, das Erwecken ungeahnter Sinne. Das tiefe Empfinden intensiver Gefühle wird spürbar, die Liebe ist nicht denkbar, sie ist ein Dazwischen, ein Dazwischen zwischen zwei Menschen, zwischen ihnen wird sie gegenwärtig, sichtbar. Eng umschlungen setzen sie ihren Weg fort. Er neigt seinen Kopf auf ihr Haupt. Ihr Geruch mischt sich mit der Frische des winterlichen Spätnachmittags auf der Halbinsel. Er ist entrückt, im Liebesrausch. Seine Bartstoppeln verfangen sich mit ihrem feinen braungoldenen Haar. Mit einer sanften Bewegung streicht er ihr Haar aus ihrem Gesicht. Ihre klaren Augen vermitteln einen Blick voller Hingabe. Ein zweiter Kuss. Sie lassen ihn eng umschlungen ausklingen und wiegen sich in harmonischen rhythmischen Bewegungen, die ihre Erregung auffangen. So fühlt sich Unendlichkeit an. «Was also ist die Zeit? Wenn niemand mich danach fragt, weiss ich's, will ich's aber einem Fragenden erklären, weiss ich's nicht. Wie kann man sagen, dass die vergangene und die zukünftige Zeit ist, da doch die vergangene schon nicht mehr und die zukünftige noch nicht ist? Die gegenwärtige aber, wenn sie immer gegenwärtig wäre und nicht in Vergangenheit überginge, wäre nicht mehr Zeit, sondern Ewigkeit. Vielmehr ist die Vergangenheit eine Erinnerung in der Gegenwart und die Zukunft eine Erwartung in der Gegenwart, während die Gegenwart selbst ein aus der Zukunft in die Vergangenheit an unserem Geiste vorüberziehender Moment ist.» Augustinus.

Il y a qu' un seul temps:
Le présent du passé
Le présent du présent
Le présent du future

Augustinus antizipiert in seinen Schriften unter anderem auch den Satz von René Descartes, cogito ergo sum, ich denke, also bin ich. Er liebe, also sei er. Der sei von ihm. Ein logischer Einschub auf der Insel der Aufklärung, der zu ihren biografischen Geschichten, zu ihren Reflexionen über geistige Quellen, zu den Reitstunden, zum Gespräch über Pferde, ihre Wesensart, ihr Verhalten passt. Aline reitet. Der Verstand hinkt den Gefühlen hinterher. Sie zähmen sich. Der Schleier der Abenddämmerung saugt sie auf. Sie kehren in die Zivilisation zurück, in ein nahe gelegenes Restaurant. Bei Tee und Wein wärmen sie sich auf. Ihre Hände suchen sich. Sie berühren sich. Sie liebkosen sich. Es ist wahr. Ihr Empfinden ist Wirklichkeit. Jede Berührung vertreibt den Zweifel, die Angst vor Verletzlichkeit. Sie verlassen das Restaurant am Tor des Weges zur Aufklärung, voll von der Offenbarung der entrückten Vernunft.

Durch die Nacht

Sie sitzen im kleinen roten schmutzigen Seicento und fragen sich, wohin ihre weitere Reise gehen soll. Fabrizio di Andre, der kleine Fiat, Italianità. Amore, irgendwie tönt es noch intensiver als l'amour, für sein Empfinden sinnlicher. Ihre linke Hand liegt auf seinem Nacken. Seine rechte Hand streichelt ihren linken Oberschenkel. Die Nacht, Lichter ziehen an ihnen vorbei. Biografisches mischt sich in das zärtliche Spiel. Sie queren ihm unbekannte Wege. Sie belustigen sich an ungewöhnlichen Namen auf blauen Ortschildern, die Aline den grünen Orientierungshilfen der Autobahnen vorzieht. Sie fahren über Land. Klein Gümmenen – Gümmenen – Mühleberg zählt sie die Namen auf. Sie war Betriebsbeamtin bei den SBB. Danach hat sie Behinderte transportiert, das Schleudern mit dem VW-Bus auf Eis geübt. Sie erzählt von Zwischenfällen mit Behinderten, davon, dass ihnen beim starken Bremsen der Kopf weggekippt sei, weil ihnen die stabilisierende Nacken- und Halsmuskulatur fehlte. Sie beschreibt, wie sie das Auto angehalten habe und den auf die Seite weggekippten Kopf des Behinderten wieder auf die Schultern zentriert und den Stützkragen fixiert habe. Sie erzählt von ihrem Studium zur Bibliothekarin in Chur. Zielsicher nähern sie sich zwischenzeitlich dem unvereinbarten Ziel. Eine moderne Stadtsilhouette tut sich vor ihren Augen auf. Sie entdeckt das Fenster der Wohnung ihres Vaters in einem entfernten Hochhaus. Sie stellt fest, dass er nicht zu Hause ist. Sie folgen dem Wegweiser mit der Aufschrift «Zentrum». Sie lädt ihn zu einem Glas Wein bei sich ein. Ein freier Parkplatz vor ihrem Haus erwartet sie. Sie treten ein. Aline leert ihren Briefkasten. Danach schliesst sie die innere Tür auf. Hochsicherheit. Einbrecher, antwortet sie. Er folgt ihr. Sie steigen die Treppe hoch in den vierten Stock. Sie erzählt ihm von ihrem neuen Fahrrad. Es sei dumm, im Winter ein neues Fahrrad zu kaufen. Sie habe es trotzdem getan. Das gefällt ihm. Im vierten Stock finden sich sorgfältig geschichtete Holzbeigen von Brennholz für den Etagenofen. Rechts von der Wohnungstür hängt ein Plakat mit einer Fotografie, eine Landschaft, dem Namen Balthasar Burkhard in roter Schrift. Die Fenster der Eingangstür sind mit anderen Plakaten mit roten Texten abgedeckt. Sie bittet ihn herein, führt ihn vom Gang in die Küche. Er lässt neugierig seinen Blick schweifen. Fragt, ob er sich umsehen dürfe. Im Wohnzimmer entdeckt er ein Errex – ein Lagergestell, ihr Bücherregal. Von den zahlreichen Autoren auf den Buchrücken kann er sich Hesse merken. Das weisse Sofa, der kleine Tisch. Sein erster flüchtiger Eindruck ihres Salons. Vorbei am Badezimmer liegt gegenüber ihr Schlafraum, ein weiss bezogenes Bett mit flauschigen Kissen und flauschigem Daunendachbett, treppenartige Büchergestelle an den Wänden. Die Bibel auf dem Nachttisch fällt ihm auf, zwei Kerzen, eine Fotografie von ihr, ein Ständer mit ihren Kleidern. In der Zwischenzeit hat sie den Gussofen in der Küche in Betrieb genommen. Mit sicheren Handbewegungen legt sie Holz nach. Sie fragt, welchen Wein sie trinken wollen. Sie entscheiden sich für einen spanischen. Sie lässt ihn probieren. Der Wein mundet, sein fruchtiger Geschmack erfüllt seinen Gaumen, der Abgang lässt sich mit frischen Waldbeeren am besten beschreiben. Bestimmt ist er im Barrique ausgebaut. Es ist ihm, als hätte er noch nie so guten Wein getrunken. Sie füllen die Gläser und stossen an. Daran genippt, den roten Saft gekostet, die Gläser auf die dunkle Tischplatte zurückgestellt, liegen sie sich eng umschlungen in den Armen. Er trägt Aline ins Schlafzimmer. Lässt sie auf das Bett sinken. – Der Anfang eines unbeschreiblichen Dialogs zwischen zwei Körpern, zwischen zwei Seelen beginnt. Es ist unbeschreiblich schön, sich mit ihr, bei ihr zu wissen. Er fühlt sich geborgen. Er fühlt sich aufgehoben. Er fühlt sich verstanden. Er fühlt sich geliebt. Er fühlt sich wie die Nachtigall, die mit ihrem Gesang das Leben lobt, wie die Forelle im klaren Bergbach, die gegen den Strom schwimmt. Er fühlt sich behütet. Die Schwingen ihrer Liebe umgeben ihn.

München liegt am Mittelmeer
Aline verbringt Silvester am Mittelmeer. Tom fährt nach München. Sie liegt im Bett unweit von Avignon. Er sitzt im Zug zehrt von der Vorstellung, neben ihr zu liegen, ihren Körper zu spüren, davon, sie in seinen Armen zu halten, ihrem Atem zu lauschen, ihren Duft zu riechen, ihr Herz schlagen zu hören, ihr leises Stöhnen der Behaglichkeit erfüllt ihn mit grossem Glück. Wunderschöne Bilder ziehen an ihm vorbei, ihr Hals, ihr Bauch, die kleinen Muttermale, ihr Nabel, ihre Achselhöhle, ihr Mund, ihre Augen, ihre Nase, ihre Ohren, ihr Haaransatz, ihre Hände, ihre Füsse, ihre Zehen, ihre Finger, ihre Brüste, ihr Sex, ihre Schenkel, ihr Gesicht, ihr Körper, das Ganze ist mehr als die Summe ihrer Teile, würde Aristoteles sagen – ihr Geist, ihre Seele, ihre Liebe: All das macht Aline aus. Er lässt die

Bilder nicht an sich vorbeiziehen. Er versucht sie zu erhaschen. Traumbilder. Sie bringen ihn um den Verstand. Er ist erfüllt von heftigen Gefühlen. Fühlt sich mit ihr vereint. Tränen des Glücks trüben den Blick auf die vor ihm aufgeklappten Buchseiten einer Schiller-Biografie von Safranski. Er schweigt und weint. Er malt sich weitere Bilder aus, um seine Gefühle zu fassen. Eine weisse Fläche füllt sich mit Blumenmuster. Eine der zartgrünrosa Knospen einer Rose entfaltet sich im Morgenlicht. Die klaren Tropfen des Morgentaus perlen sich auf den samtigen Blütenblättern. Das Paradies spiegelt sich darin. Die Blüte wiegt sich anmutig in der Morgenbrise mit rhythmischen Bewegungen. Ihr süsser Duft berauscht die Umgebung. Die Blüte wird zu einem Gesicht. Zu einem engelhaften Wesen mit goldbraunen Haaren, mit einer wohlproportionierten Stirn, die sich zwischen Haaransatz und geschwungenen Brauen entfaltet, mit strahlenden, von dunklen Wimpern gefassten Augen, mit einer kleinen, wohlgeformten Nase, mit dünenförmigen Lippen, mit einem runden, markanten Kinn, mit kleinen, muschelförmigen Ohren, die an den Ursprung des Lebens erinnern, mit einem wunderschönen Hals, der in traumhafte Schultern mündet. Die Haare liegen fächerförmig auf dem weissen Kopfkissen. Der Kopf ist leicht gegen die linke Seite geneigt. Die Augen schliessen sich. Die zierlichen Hände ballen sich zu Fäusten. Die abgewinkelten Oberarme geben den Blick auf die Achselhöhlen frei. Die Unterarme laufen parallel zum Kopf. Die vollen, schönen Brüste heben und senken sich, der Bauch mit dem Nabel nimmt die regelmässige Bewegung auf – ein Bild vertrauensvoller Hingabe. Es tröstet ihn über die Distanz hinweg. Morgen wird sie am Meer sein. Sie wird die frische Luft, das Salz, die Wellen, den Strand, das Licht, die Melancholie der verlassenen Strände geniessen. Das Strandgut wird ihr geheimnisvolle Geschichten erzählen. Vielleicht findet sie eine Flaschenpost. Zeichen und Spuren Verliebter, vielleicht werden sie Aline an ihn erinnern. Die Versuche, über seine Wortbilder bei ihr zu sein, helfen ihm wenig. Sie trösten ihn nicht über den Schmerz ihrer Abwesenheit hinweg. In seiner Verliebtheit kann er die räumliche Trennung kaum ertragen. Auch kompensieren kann er sie nicht. Wenn er an seine Wortbilder von ihr denkt, spürt er, dass sich sein Leben einschneidend verändert hat. Er liebt. Die Aufklärung hat auf diese Gefühle, ihren Ursprung, ihre Entstehung, ihre Intensität keine Antwort gefunden. In der Romantik entfaltet sich eine spürbare Annäherung. Sie ist Surrealem, Unbewusstem, Emotionen am nächsten. Die aktuelle Wissenschaft, die Neurologie, die Psychologie sucht und gibt Antworten auf die Liebe, berichtet von Hormonen, von Synapsen. Das Verliebtsein lässt sich nicht erklären, nur erleben. Nichts löst in ihm eine vergleichbare Erinnerung, eine vergleichbare Spur, eine vergleichbare Einsicht, eine vergleichbare Wahrnehmung des Verliebtseins aus, wie ihr gemeinsamer Spaziergang auf die Insel der Aufklärung, ihre ziellose Fahrt durch die Nacht, ihre Liebkosung, ihre Umarmung, ihre Vereinigung in ihrer Wohnung. Kein anderes Erlebnis vermag das Geheimnisvolle der Liebe zu verkörpern, zu beseelen wie sie, wie die Augenblicke der Ewigkeit ihrer Gemeinsamkeit. Heute ist Silvester. Morgen beginnt ein neues Jahr. Das sind menschliche, gesellschaftliche Rituale im Umgang mit der Zeit. Mit Zeit und Raum. Er denkt an sie. Umarmt sie in ihrer Abwesenheit. Am Anfang war ein Blick, ein zweiter, ein dritter. Drei sanfte Berührungen seiner Lippen ihrer Wangen. Seine rechte Hand ihr linkes Ohr streichelnd. Ihre rechte Hand mit einem leichten Druck seines linken Oberarms seine Zuneigung erwidernd. Ein erster Abschied den Funken ihrer Verliebtheit entfachend, ein unsägliches Feuerwerk von Gefühlen. Vorstellungen haben Gestalt angenommen. München leidet noch unter den Folgen des Christkindlmarktes. Stände werden zurückgebaut. Abfall zusammengewischt, entsorgt. Dazwischen Palmen. München ist das Rom der Bayern. Er besucht die Museen, die neue Pinakothek. Zerstreut sich mit dem Film «Pilgern auf Französisch» über Pilger auf der Reise nach Santiago de Compostela, ans Ende der Welt. Ein anderes Ende der Welt, als er mit Aline erlebte. Die Kost ist deftig. Die Menschen sind freundlich. Er sehnt sich den 3. Januar herbei. Ihr nächstes Treffen.

Willkommen in der Welt
Weltmeere, heftige Stürme, stürzende Wasserfälle, perlende Regentropfen, unbeschreibliche, vielseitige, intensive Empfindungen. In seinen Gedanken stellt er sich vor, sie in ihrem Bett zu finden. Zu ihr unter die Decke zu schlüpfen. Sich anzuschmiegen. Sich aufzuwärmen. Ihr nahe zu sein. Sie zu umarmen. Den Tag zur Nacht zu machen. Alles auf den Kopf zu stellen. Die Wirklichkeit fegt die Kühnheit seiner Vorstellungen weg, übertrifft alles. Er erlebt, was er niemals zu träumen gewagt hätte. Ein Feuerwerk. Ein Erdbeben. Beides ist nicht treffend. Eine Vulkaneruption.

Eine reicht nicht. Tom hat die Wellen der Hingabe nicht gezählt. Aline. Hallo. Willkommen zurück in der Welt. Der 3. Januar ist der Tag der unendlichen Umarmung. Er befindet sich in einem noch nie erlebten Liebesrausch. Er ist süchtig. Ein Junkie. Aline ist seine Droge. Nur virtuell mit ihr verbunden, fühlt er einen fürchterlichen Entzug. Die Symptome sind Konzentrationsschwäche, Herzklopfen, Atemnot, Weinkrämpfe.

Zurück im Alltag

Am 9. Januar ist der hundertste Geburtstag von Simone de Beauvoir. Tom liest die Artikel in der «Neuen Zürcher Zeitung» über sie. Am Radio verfolgt er eine Diskussion. Eine gute Frau. Er fragt sich, wie es gekommen wäre, wenn sie keine Atheistin gewesen wäre. Wenn sie von all den negativen Erfahrungen in der Pubertät mit dem Glauben verschont gewesen wäre. Kann jemand, der Atheistin ist, lieben? Kann jemand, der liebt, Atheist sein? Tom ist religiös. Aline ist es auch. Sie können religiöse Empfindungen teilen. Tom liebt Kathedralen. Er liebt sakrale Orte. Auch Friedhöfe. Er hat viele besucht. Er wird sie immer wieder besuchen. Aline will ihn begleiten. Auf den Friedhof Staglieno in Genua. Auf den Friedhof Père Lachaise in Paris. Auf den Wiener Zentralfriedhof. Friedhöfe sind ein stilles Paradies, wenn da die Lebensläufe der Toten nicht wären. Die Beziehung zur Religion ist etwas Persönliches, Individuelles. Liebende können sie teilen. Wie gerne teilt er mit Aline ihre intensiven religiösen Empfindungen. Religiöse Bilder. Als sie von ihrem Traum erzählt, wie sie nackt, geschmückt mit vielen kleinen Tomaten, auf einem Altar gelegen habe, erinnert es ihn an Opferzeremonien. Hingaben zum Metaphysischen, Transzendentalen, das auch in der Sexualität zum Ausdruck kommt. Ist die Vereinigung von zwei Liebenden die Vereinigung mit dem Göttlichen? Er teilt mit ihr die Erfahrung des Zähmens als ein Geschenk, das weit über die sagenhaften körperlichen Momente hinausgeht. Durch ihre Nähe, durch ihre Zuneigung, durch die sanfte Erwiderung seiner ersten Zärtlichkeit hat sie ihn wiedergeboren. Er entdeckt seine Lust am Wasser wieder, die Kraft der Worte, seine religiösen Gefühle. Er erinnert sich an die Kraft der Gebete. Er findet zurück zu den Idealen der Achtundsechziger. Er erinnert sich an die Linke, an die Liebe, die sich in den politischen Bewegungen in Chile, in Italien, in Frankreich in der Politik manifestiert. Victor Jara, Che Guevara, Jacques Prévert, Albert Camus, Jean-Paul Sartre, Simone de Beauvoir, Marguerite Duras … Morgen sind sie zurück im Alltag. Sie werden Sachgeschäften nachgehen, die sinnstiftenden Fragen nach der Liebe, nach der Wahrheit, nach der Gerechtigkeit, nach der Schönheit werden verdrängt werden durch das Gewöhnliche des Alltäglichen. Den Liebenden gelingt es, darin das Aussergewöhnliche zu entdecken. Er vertraut in Aline. Er vertraut in ihre Beziehung. Er vertraut in Göttliches. In eine unendliche Kraft. In Manitu. In Buddha. In die Liebe. Sie werden ihnen beim Zähmen helfen, bei der Rückkehr in den Alltag. Er will, dass es ihr gut geht. Er will, dass sie glücklich ist. Er will, dass sich ihre Wünsche erfüllen. Er will, dass sie sich wohl fühlt. Er will, dass ihr die Menschen Gutes tun. Er will, dass sie die wahre Liebe findet. Er will, dass sie die Sehnsucht geniessen kann. Er will. «Der

Mensch kann zwar tun, was er will. Er kann aber nicht wollen, was er will.» Sagt Schopenhauer. Es ist immer noch Sonntag, der letzte Abend vor dem Alltag im neuen Jahr. Er begleitet sie in die Kirche. Er beobachtet sie, wie sie demütig auf der harten Bank sitzt. Er beobachtet sie beim Beten. Er beobachtet sie die Andacht empfangend. Er beobachtet sie in ihrer Glückseligkeit. Er beobachtet sie beim Lobsingen. Er teilt ihre Sorgen. Er versteht ihre Fragen. Er wünscht sich, dass ihr Geschenk, ihre Liebe durch nichts befleckt wird. Sie soll so rein sein und bleiben wie das unberührte Schneefeld in den Alpen, wie die weissen Wolken am tiefblauen Sommerhimmel, wie die Daunen des auf dem See dahingleitenden Schwans, wie die Blüten der Margeriten auf der samtgrünen Frühlingswiese, wie das Kleid des auf der Weide tanzenden Schimmels, wie immer es sich auch entwickeln mag. Wegen der beruflichen Verbindung, dem gemeinsamen Arbeitsort muss sie sich keine Sorgen machen. Er wird ihr immer respektvoll, liebevoll, hilfsbereit, wohlwollend begegnen, wie auch immer sich ihr gemeinsames Zähmen entwickelt. Sie bleibt für ihn eine kompetente Bibliothekarin. Ein wunderbarer Mensch.

Im Gymnasium am „Berg"
Er hat heute über hundert Hände gedrückt. Über hundert guten Menschen ein gutes Neues Jahr gewünscht. Dabei begegnet er über hundert aufgeweckten Augenpaaren. Über hundert angenehmen Stimmen. Unzähligen Worten, die sein Alltagsherz erfüllen. Er liebt sie, seine Schülerinnen und Schüler. So wie ein Lehrer seine Schüler lieben

darf. Es sind gute Menschen. Er hat mit Nicole über ihre Gemütslage gesprochen. Sie machte vor den Weihnachtsferien einen Suizidversuch. Er ist froh, sie wieder an der Schule zu wissen. Er glaubt, dass er ihr Vertrauen geniesst. Er trifft sich mit Lara. Er begleitet sie bei ihrer Psychotherapie. Sie wirkt sehr positiv, interessiert und motiviert. Heute ist sie das erste Mal nach einem Therapiegespräch zurück an die Schule gekommen. Er hat Florence, eine Kollegin, umarmt und ihr zum Tod ihrer Mutter kondoliert. Er schenkt ihr das Buch «Une mort très douce» von Simone de Beauvoir. Ihre wässrigen Augen strahlen voller Dankbarkeit. Er hat sich lange mit Beat, dem Lehrer für Kunstgeschichte, über die Reise nach München unterhalten. Er umarmt Mario, den Italienisch-Lehrer, und wünscht ihm «buon anno». Er tröstet Judith, die sich an der Glaseingangstür den Kopf gestossen hat. Sie hat blonde Stirnfransen und einen Rossschwanz. Trägt ein schwarz-weiss gestreiftes Leibchen, das unter einer schwarzen Wolljacke hervorlugt, einen leuchtend roten Faltenjupe. Die auffallend kleinen Füsse stecken in Ballerinas. Marcel aus der Sekunda kommt in sein Büro, um ihm ein gutes Neues Jahr zu wünschen. Es stehe ihm gut, sagt er. Was er meine. Er habe abgenommen. Das mache ihn jünger. Er denkt an die von Aline formulierte Angst seines Alters wegen. Es belustigt ihn. Aline wirkt in ihrem Reich der Bücher.

Zu Hause

Und ob er sich zu Hause fühlt. Er hat herrlich geschlafen. Seit einer Woche ist er bei Aline eingezogen. Aline besucht ihre Freundin in Wien. Er ist das erste Wochenende allein in der Wohnung. Mit Filou, einem Plüsch-Marsupilami mit einem schwarz gepunkteten gelben Fell und langem Schwanz, versteht er sich bestens. Sie haben eine angenehme Nacht. Trotzdem vermag er ihre Abwesenheit nicht aufzufüllen. Vor dem Einschlafen haben sie von ihr um die Wette geschwärmt. Aline herbeigeredet. Sich in Komplimenten übertroffen. Was sie für ein wunderbarer Mensch sei. Tom hat gleich am Anfang gesagt, dass bei allem, was er, Filou, sage, er sie noch mit einem Kompliment mehr zu rühmen wüsste. Nach längerem Protest habe er einsehen müssen, dass Tom immer ein Kompliment mehr für Aline habe als er. Tom freut sich über ihren Anruf. Es tut ihm gut, ihre Stimme zu hören. Sie geniesst die Schilderung seiner Erfahrungen mit Filou, ihrem Liebling. Nach dem Gespräch legt er sich zurück ins Bett. Dreimal wacht er auf, dreimal vermisst er ihre Nähe, ihre Wärme, ihren ruhigen Atem, ihren Geruch. Filou scheint sich furchtbar zu nerven und wirft ihm vor, er sei unglaublich sentimental. Er, Filou, sei Alines Liebster, auch wenn Tom immer ein Kompliment mehr für sie habe. Tom lässt ihn im Glauben. Er will schliesslich keinen Streit mit Alines Schmusekumpan. Tom schmunzelt über seine Vorstellungen und schläft ein. Bevor er sich am Morgen seiner Arbeit widmet, muss er ihr ein paar Zeilen schreiben, seine Sehnsucht nach ihr ein wenig stillen. Anschliessend geht er einkaufen, putzt, wäscht, bringt alles auf Vordermann. Er kauft glutenfreies

Brot. Alles richtet er auf ihre Bedürfnisse aus. Im Auftrag von Filou besorgt er ihr ein Willkommensgeschenk. Er legt es neben ihn aufs Bett. Natürlich hat er nicht gemerkt, dass Tom eine Widmung hineingeschrieben hat. Er wird es ihm verzeihen. Tom ist begeistert von seinem Geschenk. «Eine gebrochene Frau» ist ein weiterer Band mit Texten von Simone de Beauvoir über drei Frauenschicksale. Direkt, unverblümt, nachvollziehbar ist man mit ihrem Leben konfrontiert. Es gibt Analogien zu ihrer Situation. Neben dem Willkommensgeschenk liegt sein surrealer Text:

Die Arche.

Wesen gehen durch die nassen Strassen von Paris, der Hund bellt und gellt, voller Freude wedelt der Clown mit dem Hut des Bettlers, der verhungert am Strassenrand an den Spuren des Köters erstickt, Scheisse, schreit der Clown und erbricht sich in den Hut, setzt ihn auf den Kopf und sucht das Publikum auf, das im Smog der Grossstadt nach Leben, nach Atem ringt im Nebel der Abgase der Zivilisation, vernichtet durch den eigenen Fortschritt, der die Natur zum Erblassen bringt, das Grün aus den Bäumen aus den Wiesen zwingt, die Quellen der Milch trübt, auf dass blutroter Saft nur noch die Vampire nährt, die über alles Lebende herfallen, um ihm den letzten Tropfen der Seele aus dem Körper zu pressen, bis nur noch Gebeine die steinerne Wüste bevölkern und das Menschsein auf der Erde verebbt, bis auf zwei, eine Frau, einen Mann. Durch die Liebe sind sie gegen das Böse gefeit. Sie haben im Surrealismus die Wahrheit gefunden. Ihr Wesen, ihr Körper, ihr Geist, ihre Seele ist von der Liebe durchdrungen, tagein, tagaus hört man sie die Liebe besingen. Eine Margerite, eine Nachtigall, eine Löwin, eine Spinne, eine Raupe, eine Schlange, eine Eiche, eine Forelle ... alle Tiere und Pflanzen stimmen mit ein. Die Arche verlässt das Ufer am Ende der Welt.

Der schwarze Spiegel

Der Tod hat nicht das letzte Wort. Sie führe sein unvollendetes Werk über die Unerträglichkeit des Seins weiter. Sie nehme es an als seine Hinterlassenschaft. Sie wird ihr helfen, mit seinem Entscheid zu leben, darüber hinwegzukommen, ohne zu verdrängen, ohne zu vergessen. Nach Ligurien hat er sie jetzt wieder begleitet, sie an ihre letzte Fahrt entlang der italienischen Blumenküste erinnernd, wie schön es damals war und immer wieder sein wird. Er werde sie nicht los. Sie träume von ihm, von der Reise über den San Bernardino, dem Urinieren auf den Alpwiesen, dem gemeinsame Kotzen in Genua. Sie denke an seine Sehnsucht nach Anerkennung, nach Ruhm. Eine Sehnsucht, die sie verbinde. Sie zu suchen, sie sich nie eingestanden haben. Bescheidenheit und Demut war ihr Bestreben, hatten sie sich immer wieder versichert. Ohne Wenn und Aber erzähle sie jetzt darüber, konfrontiere sie ihn damit. Sie wolle versuchen, ihn mit ihren Texten berühmt zu machen, er habe die Voraussetzungen dafür geschaffen. Eigentlich habe er Architektur studieren wollen. Viele Gründe hätten ihn aber davon abgehalten. Er habe sich für die Freiheit entschieden und sei Künstler geworden, auch wenn er damals schon wusste, dass er sie nicht ertragen würde, diese Freiheit. Der Raum, das Auseinandersetzen mit Raum und Zeit blieben sein primäres Interesse, sein Lebensinhalt. Er wählte Vorbilder. Er lernte das Handwerk des Radierens. Er wusste um seine Unfähigkeit zu zeichnen. Ungestüm blieben seine Striche, und trotzdem gab er nicht auf. Er hatte die richtigen Vorbilder gewählt. Er zitierte sie im richtigen Augenblick, wohl wissend, dass er mit seinem Schaffen die Qualität ihrer Arbeiten noch nicht erreicht hat. Gleichzeitig wuchs sein Anspruch nach Anerkennung. Dabei wurde sein Scheitern zum Programm. Messerscharfe Kritik der Arbeiten seiner Zeitgenossen, dogmatisch, genährt von Halbwissen, um Wissen ringend und gleichzeitig an intellektuelle Grenzen stossend, damit täuschte er sie über diese Tatsache hinweg. Freund, heimlich Geliebter, sie nehme seinen Auftrag an, sie werde ihn berühmt machen, sie werde seine Werke ausstellen, den Wert seiner Unzulänglichkeiten ins rechte Licht rücken und den Menschen bei der Eröffnung der Ausstellung eine Vernissagerede halten, das erste Mal werde sein Werk einen Titel haben. «Der Schwarze Spiegel», Der letzte Wille» oder «Vom Unsinn, hinter die Bühne des irdischen Lebens schauen zu wollen.» Sein Entscheid ist keine Verzweiflungstat – er ist seine ultimative Performance, der Abschluss seines irdischen Lebens als Gesamtkunstwerk. Sie behalte diese seine Geschichte, die er ihr hinterlassen habe. Sie überlasse sie niemandem, er bleibe ihr Freund, ihr heimlich Geliebter. Sie werde von ihm von seinen Grundsätzen erzählen, davon schreiben. Er brauche keine Angst zu haben. Sie lasse seine Quelle nicht versiegen. Sie recherchiere, sie reflektiere und schreibe über ihn. Sie vertraue darauf, dass sich beim Erinnern an ihn die Gefühle, die Gedanken einstellen, in ihre Texte fliessen, um ihm, seinem Werk gerecht zu werden und dabei der Wahrheit, der Schönheit, der Gerechtigkeit und der Liebe in kleinen Schritten etwas näher zu kommen. Kafkas Brief an seinen Vater lag auf ihrem Tisch, es mag ein Zufall sein, dass er ihr im Zusammenhang mit seinem Entscheid in den Sinn gekommen war und sie ihn wieder einmal las. Er ermutigt sie, ihm jetzt einen Brief zu schreiben. Er habe ihr keinen Abschiedsbrief hinterlassen. Er habe sich in seinem Atelier den Tod gegeben, nur gestorben sei er nicht. Dieser Brief sei die Fortsetzung ihres Dialogs über seinen Schritt hinaus.

Liebster Freund

Du hast mir keinen Brief geschrieben. Verzeih, wenn ich Dir jetzt einen schreibe. Ich muss. Ich kann das Gefühlte, das Gedachte, das Gelebte nicht für mich behalten. Ich will es mit Dir teilen. Ich lasse es spontan in meine Feder fliessen – dadurch kann ich es vielleicht verstehen und begreifen, Dir zur Freude, Dir zur Last, einfach, wie es mir geschieht, ganz ungefiltert, so, wie es sich in meinem Herzen, in meiner Seele und in meinem Kopf einstellt, dem Kopf Deiner platonisch Geliebten, in der hintersten Reihe der Kirche sitzend mit einer dunklen Brille meine Augen schützend und die Gefühle verbergend, weinend für Dich und mich. Meine Tränen werden uns nicht verraten. Niemand weiss, dass ich Deine Geliebte bin. Nicht einmal mir hast Du geschrieben, so warst Du auf Dich selbst fixiert, Du ruchloser Egoist, ertrunken in Deinem Selbstmitleid, weil Du vor Dir gescheitert bist. Du hast das Urteil über Dich gefällt und vollzogen, das heute viele Menschen quält, auch mich. Ich will nicht schweigen. Du sollst wissen, was mich bewegt und mir versagt wird, persönlich mit Dir zu teilen, Zeilen, die unsere Beziehung beschreiben, die uns an unsere gemeinsamen Erinnerungen erinnern, an gemeinsam Erlebtes, Geträumtes, an Vorbilder, an Einvernehmliches und Ausgesprochenes, an Verschwiegenes, an Zukünftiges, dem Du Dich in Deiner Radikalität und Endgültigkeit entzogen hast. Du musst es Dir gefallen lassen, dass ich jetzt über das schreibe, dass ich Dir die Fragen noch einmal stelle, auf die Du nie geantwortet hast. Immer hast Du Dich nichts sagend hinter vielsagenden Fragmenten aus Texten Deiner Vorbilder versteckt, Deinen Blick durch unsägliche Perspektiven verstellt, mich ignoriert, Dich Deiner Selbstverliebtheit ergebend. Dein Blick verwehrte Dir die Sicht zum Herzen, Dein Blick nährte nur Deinen Kopf, das Sehen mit dem Herzen blieb Dir durch Deinen Blick versagt, dem Schicksal gleich der ungläubigen Gefangenen im Höhlengleichnis von Platon. Beide sprachen wir davon, beide kannten wir es, glaubten wir es zu verstehen. Wir meinten zu wissen, was uns Platon mit dem Gleichnis sagen will. Für Dich war dieses Gleichnis gleichsam der Ursprung des menschlichen gestalterischen, schöpferischen Willens. Ist es nicht Metapher für Deinen verstellten Blick, für die verstellte Sicht? War es nicht auch Dein Wunsch, mehr als die Schatten der Wirklichkeit zu sehen? Bist Du jetzt in das Reich der Schatten zurückgekehrt, um den Gefangenen vom Licht der Welt zu erzählen? Warst Du aus dem Reich der Schatten überhaupt aufgestiegen, um das Licht der Welt zu sehen? Hat Dich das Licht der Sonne nicht vielmehr geblendet, als Dich sehend zu machen? Oder stehst Du jetzt vor dem ewigen Licht? Ob mir diese Fragen Antworten sind auf Deinen Lebenssinn, für die Deutung Deiner Werke, die von der Sonne gebleichten Bleche von den Dächern der Häuser in Paris, dem gezeichneten Material, dem Du durch das Zuschneiden, Übermalen und Verbiegen eine neue Wirklichkeit gegeben hast. Du brachtest die Dächer von Paris an die Wände von Galerien, von Räumen gezeichnet, von Linien, Winkeln, deinem Spiel mit Flächen, Formen und Farben, dem Spiel zwischen Schwarz, Weiss und dem Grau des oxydierten Zinkblechs. Das Blech an den Anfang Deiner künstlerischen Laufbahn erinnernd, die Formen auf Deine Absicht verweisend, sich ursprünglich der Architektur zuwenden zu wollen. Der Architektur hast Du Dich verweigert. War das nicht Dein erster Selbstbetrug? – War es nicht vielmehr Deine Angst, in der Architektur zu scheitern, als dass die Einschränkung, der Wille der Bauherrschaft Deine schöpferische Freiheit verunmöglichen würde? Ich werde es nie wissen. Der Raum ist Dein Thema geblieben, an das Dreidimensionale hast Du Dich aber zuerst nicht direkt gewagt, satt von der Theorie des Gymnasiums sehntest Du Dich nach Handfestem, so mindestens habe ich Dich damals verstanden, als Du mir bei unseren ersten Begegnungen von Deinen Lehrjahren bei la Franca im Tessin erzähltest. Ein erster Widerspruch, es sollten mehr werden, Du hast für andere Künstler gedruckt. Sie waren radikaler als Deine Bauherrschaft. Ihre schöpferischen Vorstellungen musstest Du mit Deiner Umsetzung erreichen, Deine eigenen Wünsche nach eigenen freien Kreationen musstest Du zurückstellen. Du schöpftest Papier. Dass es Dich überdauern würde, war Dir bewusst, aus der chinesischen Geschichte. Du hast Kupferplatten lackiert, geätzt, gestählt, sie eingefärbt und die darin eingravierten, eingeritzten Motive auf handgeschöpftes Papier abgezogen. Du lerntest das Handwerk des Radierens, Du schnuppertest die Luft der Welt von namhaften Kunstschaffenden. Du hattest zahlreiche interessante Begegnungen, wie Du sagtest, geschwärmt davon hast Du nicht. Es war für Dich wie selbstverständlich, fremde Ideen umzusetzen. Du bist Deinen Interessen nachgegangen. Du hast für Dich in Anspruch genommen, Deine Freiheit zu leben. – Du unternahmst nichts, um dem Trend der zeitgenössischen Kunstszene zu entsprechen. Du hast Dich nicht angebiedert. Gleichzeitig war es für Dich unerträglich, nicht den gewünschten Ruhm zu erlangen. Immer wieder haben wir uns darüber unterhalten, wie junge Kunstschaffende mit einer Idee, nicht mehr und nicht weniger, in die Szene der Kunst aufgenommen worden waren. Was Dir nicht vergönnt war. Vielleicht wirst Du es nach Deinem Tod schaffen. Gehörte das zu Deinem Lebensplan. Deine letzte Performance, deine Wegstrecke nach Père Lachaise, sollte die Dir Deine Sehnsucht nach Ruhm erfüllen? Kaum jemand ausser mir wird sich diese Frage stellen. Niemand wird erfahren, dass ich mir diese Frage gestellt habe. Aber in meinem Brief an Dich musst Du sie Dir gefallen lassen. Meine Antworten darauf werden Spekulationen bleiben. Ich glaube nicht, dass sich Antworten darauf in Deinem Nachlass finden lassen. In den Skizzenbüchern vielleicht, in den zahlreichen Eintragungen resultierend aus den Besuchen der Bibliothèque Nationale in Paris, den Besuchen des Graphischen Kabinetts. Du hättest mir wenigstens ankündigen dürfen, dass das, was viele schon immer befürchteten, so schnell eintritt: Dein Tod. Deine Galeristin.

Wendeplatz

Aline ist Bibliothekarin. Schau, siehst du den Mäusebussard? Sein rechter Zeigefinger zeigt von der Hand auf dem Steuerrad des italienischen Kleinwagens nach rechts auf die vorbeihuschende Landschaft. Tom ist Galerist. Deutsche Autobahn. Keine Geschwindigkeitsbeschränkung. Jeder holt aus seiner Bolide was immer möglich ist, setzt sein Statussymbol in Szene und braust am blauen Panda vorbei. Kleine Schwänze, sagt sie. Es scheint ihm, als seien sie in einer anderen Welt. Auf dem Weg der Vorfreude der kommenden Erlebnisse, denkt er. Sie nickt zustimmend, als hätte sie seine Gedanken gehört, legt ihre Hand auf seinen Nacken und streichelt ihn zärtlich. Keith Jarrett sorgt für die Reisemusik. Nude Ants, die CD des Doppelalbums aus den Siebzigerjahren, verwandelt mit ihren Klängen den Innenraum des Kleinwagens in einen Konzertsaal. Die Landschaft zieht an ihnen vorbei. Schön, diese sanften Hügel, sagt sie, da, ein Graureiher, antwortet er. Die Zeit verstreicht im Nu. Sie schmökert in einer Biografie von Bach. Ab und an liest sie ihm eine Stelle daraus laut vor. Er liebt das Autofahren, das Unterwegssein mit dem Panda. Es hilft ihm, seinen Gedanken nachzuhängen, gleichzeitig in der vorbeisausenden Landschaft interessante Details zu entdecken: eine Kirche, einen Baum, einen See, einen Vogel, ein Dorf, einen Rebberg, einen Flusslauf, ein Ortsschild, eine Burg, einen Berg, eine Brücke, eine Fabrik, ein Wolkenbild, eine Kuhherde, ein Bauernhaus. In einem undurchschaubaren Rhythmus fliegen die Fragmente der Kulissen an ihnen vorbei. Bleiben als unbewusste Eindrücke zurück. Finden im Speicher der unbewussten Erinnerungen ihren Platz. Ein kurzer Halt in einer Raststätte irgendwo auf dem Netz der deutschen Autobahnen von Süden Richtung Norden bietet Gelegenheit, um die Beine zu vertreten. Auch auf den deutschen Autobahnen gibt es heute einen italienischen Espresso, Panini, Pizzas. Globalisierung. Nein, nicht in den Ferien, nein, er will sich seine Ferien nicht durch Diskussionen über die Globalisierung verderben lassen. Unbedarft geniesst Tom den italienischen Kaffee in einer deutschen Autobahnraststätte einer englischen Investorengruppe und schweigt. Ortsnamen auf den Strassenschildern zeigen ihm den Reiseweg. Er werde sich wohl an Stuttgart, an München erinnern, ohne die Hilfe der Landkarte kämen ihm kaum die Namen der anderen Städte, die über die Ausfahrten der Autobahn zu erreichen wären, in den Sinn. Aline liest weiter in der Paperback-Kurzbiografie über Johann Sebastian Bach. Mit den Fingern auf das Lenkrad trommelnd begleitet Tom Keith Jarrett, Jan Garbarek, Palle Danielsson und Jon Christensen bei ihren virtuellen Klangexperimenten. Sie nähern sich Leipzig. Ausfahrt Süd, sagt sie. Ist das Hotel «Ibis» recht, fragt er. Sie widerspricht nicht. Er kurvt um den Bahnhofplatz, biegt rechts ein, findet einen Parkplatz direkt vor dem Hotel. Sie wartet im Auto, liest weiter von Bach, während er abklärt, ob sie für eine Nacht ein Zimmer bekommen können. 301 im dritten Stock ist frei. Sie erledigen die Registrierung, tragen das Gepäck in den Lift, fahren in den dritten Stock, beziehen das Zimmer mit Aussicht auf eine Baustelle, erfrischen sich und machen sich auf den Weg zur Kulturspinnerei, wo sie von Freunden, einem Künstlerpaar, erwartet werden. Sie, Nadine, Fotografin. Er, Nils, Kunstmaler. Auf Umwegen, weil verschiedene Strassen wegen Sanierungsarbeiten für die Strassenbahn Nummer 4 gesperrt sind, nähern sie sich der Kulturspinnerei. Die letzten Meter legen sie zu Fuss zurück, vorbei an Industriebrachen, an leer stehenden Backstein-Wohnbauten. Nadine kommt ihnen entgegen. Herzlich willkommen. Sie umarmen sich. Einen Augenblick, sagt sie, wendet sich einem vorbeifahrenden Velofahrer zu. Hallo, grüsst sie. Zurück von New York. Ja, sagt er, es sei gut gewesen. Ein Künstlerfreund, klärt sie sie auf. Sie habe ihn im Frühling in New York besucht. Er sei diese Woche erst von seinem Aufenthalt in einem Gastatelier in der amerikanischen Metropole zurückgekommen. Sie setzen ihren Weg fort zu Nadines Studio, wo sie von ihrem Mann Nils, dem Künstler, erwartet werden. Vorbei an einem riesigen Backsteinkamin in einem Innenhof geht es zu einem Lieferanteneingang, der noch mit «Warenannahme» beschriftet ist. Sie zieht die schwere Tür auf und geht voran durch ein Labyrinth von Gängen und Treppen, vorbei an einem Warenlift. Sie steigen über eine Treppe in den ersten Stock. Hinter einer breiten, in Oliv gehaltenen Holztür öffnet sich ein dunkler Korridor. In der Dunkelheit lassen sich verschiedene Gegenstände ausmachen. Ein Fahrrad, ein Schrank, leere Bilderrahmen. Nadine geht voran. Sie queren den Gang und erreichen die gegenüberliegende Tür. Sie öffnet sich. Hereinspaziert, werden sie von Nils empfangen. Sie umarmen sich und freuen sich über das Wiedersehen. Das letzte Mal trafen sie sich in der Schweiz im Emmental, genossen an einem lauen Sommerabend auf der Holzterrasse eines alten Bauernhauses gegrilltes Rindfleisch mit einem Taboulé-Salat und tranken dazu einen spanischen Tempranillo. Nadines Grossraum-Fotoatelier mit zwei Fensterfronten ist vom sanften Leipziger Sommerabendlicht durchflutet. Auf dem Tisch flackern fünf Kerzen in der Abendbrise, die durch ein geöffnetes Fenster in den Raum eintritt. Sie trägt den Duft des vorbereiteten Nachtessens mit sich herein. Sepia-Spaghetti mit Meeresfrüchten, kündet Nils das Menü an, öffnet eine Flasche Rotwein und bittet zu Tisch. Sie geniessen die Stimmung des Raums mit den wie in einem Theaterstück präzis platziert scheinenden Requisiten, dem Sofa, dem Bett, den Pflanzen, den verwelkten Blumen, dem Keramikabguss eines Pferdeschädels, dem Essen und dem Wein. Nils scheint nicht nur ein guter Künstler, sondern auch ein guter Koch zu sein. Der Wein erinnert an das Mahl im Emmental. Beim Prüfen der Etikette sieht Tom die Wahrnehmung des Gaumens bestätigt, es ist auch ein Tempranillo. Nadines Windhunde streichen ihnen um die Beine. Sie sind ihre Starmodels und posieren bei vielen ihrer Fotografien. Nach dem Hauptgang Schokolade und Kaffee. Nadine und Nils erzählen von ihren Ferien an der Ostsee, davon, wie sie auf einem unbebauten Grundstück zwischen Häusern gezeltet haben. Aline und Tom schwärmen von ihren Reiseplänen nach Dresden, nach der Mecklenburgischen Seenplatte, nach Rügen. Konkret sind sie nicht, ihre Pläne. Sie wollen es auf sich zukommen lassen. Konkreter sind da die Absichten einer neuen gemeinsamen Wohnung des Künstlerpaares. Nach dem Essen zeigen sie ihnen die dafür vorgesehenen neuen Räume im angrenzenden Industriegebäude des Spinnereiareals. Ein Loft, schöner können sie es sich nicht vorstellen. Nadine und Nils kommen aus dem Schwärmen nicht heraus. Ein Boden mit rauen Holzplanken, Backsteinwände, Metallfenster gegen Osten und Westen, eine Terrasse, ein hoher Raum mit zwei beige gestrichenen Metallträgern – trotz des spärlichen Lichts der Taschenlampe lässt sich die Qualität des ehemaligen Fabrikationssaals der Spinnerei in der Nacht erkennen. Der Besuch von Nils' Atelier ist für morgen vorgesehen. Ein Taxi bringt Aline und Tom durch die menschenleeren Strassen Leipzigs von der Kulturspinnerei zum Hotel, eine Weltreise, eine Reise zwischen Welten, die unterschiedlicher nicht sein könnten. Eine Nacht voller Träume. Sie erinnern sich nicht daran. Nach dem Frühstück machen sie eine Stadtwanderung. In den Geschäftsstrassen der historischen Altstadt Zeichen der westlichen Kolonialisierung nach der Wende, die Massen sollen mit einem sinnlosen Überangebot von Mode und Konsumgütern von der Lebensqualität des freien Marktes überzeugt werden, sinniert er. Die geschlossenen Geschäfte wirken am früheren Vormittag leblos, trostlos, wenn da nicht die Spuren der Geschichte wären, alte Backsteinbauten, Gebäude in der Art des Jugendstils mit Kacheln mit faszinierenden Pflanzenmotiven und Ornamenten. Sie trösten über die oberflächlichen Veränderungen der Wende hinweg. Eine Bronzeskulptur mitten in der Einkaufsmeile gewinnt Alines Beachtung. Mit der rechten ausgestreckten Hand und der geballten linken Faust erinnert die Figur an den Schrecken des Hitler-Faschismus und das Scheitern der Kommunisten, denkt sie. Er liest das Schild am Fuss der

Skulptur und bestätigt ihre Vermutung. Sie hält ihre Eindrücke mit ihren Kameras fest. Wie Japaner, sagt sie. Er lacht und schiesst weitere Bilder. Sie lassen die Altstadt hinter sich und schlendern vorbei an Baustellen zum neuen Kunstmuseum, das 2004 eröffnet wurde, nachdem das alte historische Gebäude 1943 von den Alliierten, von der Royal Air Force, bei einem Luftangriff im Zweiten Weltkrieg zerstört worden war. Viele Tote. Der Tod hat nicht das letzte Wort. Neo Rauch, Begleiter. Der Titel der Ausstellung ist von schwimmenden Kerzenlichtern auf einer Wasserfläche umgeben, die an Monets Seerosen erinnern, ein grosses Plakat auf der Museumsfassade weist auf die aktuelle Ausstellung hin. Die Museumstür öffnet sich, vorbei am Buchladen zur Theke für die Eintrittskarten. Über eine Treppe ins Untergeschoss gelangen sie in die Ausstellung. Die grossformatigen Bilder nehmen sie gefangen. Die Fülle ist erschlagend. Leinwände, Szenen mit Menschen, Figuren, die einen an Bilder anderer Künstler erinnern, vertraute Motive aus der Kunstgeschichte erscheinen in neuem Kontext. Die Schaffenskraft des erst fünfzigjährigen Malers überwältigt sie. Aline bleibt vor dem Bild mit dem Titel «Vater» stehen. Gefällt es dir auch, wendet sie sich an ihn. Am unteren Bildrand ein Stillleben, ein Salontischchen mit rotem Tischtuch, einer bunten Keramikvase, einer kleinen weissen, durch blaue Bordüren verzierten Keramikschatulle, einem metallenen Brustpanzer einer alten Rüstung, einem geöffneten leeren roten, mit goldenem Satin ausgekleideten Schmuckkästchen, mit zwei roten und zwei grünen Rechaudkerzen darauf. Dahinter erscheint ein zweites Tischchen mit braunem Tischtuch und einer Reihe von auf vier Tellern flambierten flammenden Kuchenstücken. Rechts davon steht ein Mann mittleren Alters mit dunkelblauem Rock, hellblauem Hemd und blauer Hose, einen Fotoapparat vor sich in den Händen haltend, das Objektiv auf die beiden Tischchen gerichtet. In der Bildmitte gross das Bildnis eines jungen Mannes in historischer Kleidung aus der Zeit des Klassizismus, olivgrüner Rock, braune Hose, weisses Hemd mit verknotetem Stehkragen, in den im Stil der Mickymaus-Comics gemalten weissen Händen seinen in einen gelben Rock, rote Hose und braune Schuhe gekleideten bärtigen Vater tragend, der sich zärtlich an die Brust des Sohnes anschmiegt. Der Hintergrund erinnert an die Hohlkehlwand eines Fotostudios, die oben ein hochgerollter blau-weiss gestreifter Vorhang und seitlich rote Sprossen in regelmässigen Abständen, ein roter knorriger Ast begrenzen. Er wirft einen flüchtigen Blick auf das Bild. Nein, Tom will nicht über sein Verhältnis mit seinem verstorbenen Vater nachdenken, nicht in diesen Ferien. In seinen Erinnerungen trägt er ihn nicht achtsam, einem Kleinkind gleich, auf seinen Armen, um für ein Porträt des Familienalbums zu posieren. Dennoch, das Bild berührt ihn. Hat Aline nicht auch ein zwiespältiges Verhältnis zu ihrem Vater, fragt er sich. Sie scheint vom Werk begeistert. Neosurrealistische, narrativ-expressionistische Pop-Art-Malerei, das sind Neo Rauchs Gemälde. Nils, sein Meisterschüler, erwartet sie in seinem Atelier. Sie fahren los durch die Stadt zur Kulturspinnerei, halten unterwegs Ausschau nach Fotomotiven, das Morbide fasziniert sie, die zerfallenden Backsteinbauten. Immer wieder hält Tom den Panda an. Sie steigen aus.

Knipsen die fotogenen, in blaue Netze gehüllten, mit Graffiti verzierten Ruinen. Der Meisterschüler sitzt bei Neo Rauch am Mittagstisch. Sie müssen warten. Aline und Tom suchen den nahe gelegenen Biergarten auf. Unter alten Bäumen eine kräftig-grüne Wiese, Holztische, Gartenstühle, farbige Spielgeräte, Liegestühle, weisse Salontische, bunte Wolldecken, junge Mütter mit Kleinkindern und Babys lachen, schwatzen, schmatzen und spielen. Milch statt Bier, denkt er. Sie bestellen einen Salat und ein Glas Bier bei einer jungen, charmanten Kellnerin. Tom ist angenehm überrascht, keine üppige Bierträgerin mit vier Mass in jeder Hand, keine deftige fettige Mahlzeit. Sie geniessen die frischen Salate, die sympathische, freundliche Bedienung, die dazu beiträgt, den Biergarten als ein romantisches Paradies in friedlicher Stimmung zu erfahren, ohne Schlangen, ohne Apfelbäume mit Früchten der Erkenntnis, wohl aber verführerischen Frauen. Er entdeckt verschiedene Motive zum Fotografieren. Ein Geländer, ein daran gelehnter roter Sonnenschirm, eine grüne Giesskanne, ein gelber Besen, drei Objekte hinter Gitter, denkt er und hält die Stimmung fest. Der Meisterschüler quert mit grossen Schritten die Wiese des Biergartens, setzt sich an den Tisch zu ihnen. Nils erzählt von seinen Plänen, davon, im Herbst mit Neo Rauch durch den Harz zu wandern, schlürft einen Espresso, bevor sie sich gemeinsam aufmachen, um Nils' Atelier zu besichtigen. Es findet sich im vierten Stock, in einem der vier Hauptgebäude der Spinnerei, direkt neben den Proberäumen des Theaters der Werkspinnerei. Was für ein Atelier, ruft Aline aus, begeistert vom hohen grossen lichten Raum. Neben der Männerecke, mit dem Bild eines nackten Pin-up Girls, einem Boxsack und Hanteln auf einem Teppich, steht im Zentrum des Raumes ein grosser Arbeitstisch voll von Farben und Arbeitsutensilien. Die Wände sind von angelehnten grossformatigen Bildern besetzt, eine Fülle von Eindrücken: eine Kampfszene eines asiatischen Kriegers, eine alte Frau auf einer Brücke, die Gewehre in den träg fliessenden Fluss wirft, eine schwarze, menschenähnliche Gestalt, die auf verschiedenen Bildern immer wieder auftaucht, um ihr Unwesen zu treiben. Wäre sie weiss, würde sie uns an eine Figur aus englischen Schlossgespenstergeschichten erinnern, denkt er. Nils malt unergründliche Welten, in denen sich die Betrachtenden verlieren können. Tom wandelt sich vom Freund zum Galeristen. Er will Nils, als Vertreter der Neuen Leipziger Schule, in sein Galerieprogramm aufnehmen. Er einigt sich mit ihm auf eine gemeinsame Ausstellung. Danach lassen sie Nils mit einem Sack voller Cervelats und Thomy-Mayonnaisetuben, Nadines Leibspeise, zurück. Umleitung, Entschärfen einer Bombe durch Spezialeinheiten, das Schild bei der Autobahnauffahrt verweist auf den Zweiten Weltkrieg. Auf Umwegen erreichen sie Dresden. Das Parkleitsystem führt sie in eine unterirdische Garage. Tom denkt an die Bombardierung von Dresden, daran, was wohl die Menschen damals dachten, fühlten, als sie in den Kellern im Februar 1945 Schutz vor den Bomben der Alliierten suchten. Über eine Treppe erreichen sie den Dresdner Stadtplatz unmittelbar vor der Frauenkirche. Nichts erinnert mehr an die Zerstörung ausser ein paar Postkarten mit Schwarz-Weiss-Fotografien von der zerbombten Altstadt im Postkartengestell vor einer Buchhandlung. Entsetzen zeichnet ihre Gesichtszüge. Die Bilder der Zerstörung überschatten die Eindrücke der wiederaufgebauten Frauenkirche. Touristenströme ergiessen sich über den Platz und fliessen über die in die Altstadt führenden Gassen ab. Sie lassen sich mitreissen und treiben Richtung Elbufer zur Akademie der Künste. Über den Dächern fallen ihnen die goldenen Figuren auf, die auf den von Russ gezeichneten grünen Sandsteinbauten prangen. Das Kapital glänzt als Zeichen der Wende über den Dächern der von Napalm geschwärzten Stadt, bemerkt er sarkastisch. Nein, widerspricht sie, Dresden war immer eine reiche Stadt, ein wichtiges kulturelles Zentrum Deutschlands. Die staatliche Kunstsammlung Dresden feiert ihr 450-jähriges Bestehen, weiss sie. Aus diesem Anlass zeigt die Kunsthalle im Lipsiusbau die Ausstellung «Transit» von Jeff Wall. Die Fotografien behandeln das Thema des Übergangs, der Veränderung im Kontext historischer, soziologischer und alltäglicher Erfahrungen, liest Aline ihm aus der Augustausgabe des Dresdner Fremdenführers vor. Sie begeben sich in die Ausstellung. Eine hohe schlichte Eingangshalle empfängt sie. Ein riesiges Fenster gibt den Blick auf die Semper-Statue vor dem neu eröffneten Albertinum frei. Eine schlichte Glastür erschliesst die hinter der Eingangshalle liegenden Ausstellungsräume. Sie tauchen ein. Staunen. Raum und Fotografien erscheinen als Symbiose, als historischer Dialog zwischen Zerstörung und Veränderung. Sichtbare Spuren am Gebäude zeugen von den Schäden des Bombenangriffs der Alliierten im Februar 1945. Von der Bombardierung Dresdens hatte er im Geschichtsunterricht nie etwas erfahren. Eine präzise

Stahlkonstruktion, weisse Wände tragen die Leuchtkasten mit Jeff Walls Lichtbildern, umgeben vom historischen Mantel der Kunsthalle. Search of Premises, der Blick richtet sich auf ein biederes bürgerliches Esszimmer. In der Raummitte ein Esstisch mit einem transparenten weisslichen Tischtuch, darüber ein Glaskronleuchter, links davon kniend ein Mann in blauer Jeans mit grünem Hemd und schwarzer Schussweste ausgerüstet mit einer Schusswaffe und einem Funkgerät am Gurt, offensichtlich ein Polizist, ein Ermittler, beschäftigt mit Briefen, die er einer braunen Kartonschachtel entnimmt. An der Wand lehnt ein Fernrohr gegen das grosse, rechts liegende Fenster gerichtet. Davor steht ein zweiter Ermittler mit sandfarbener Kleidung und schwarzer Schussweste, ebenfalls mit dem Lesen eines Briefs beschäftigt. Auf dem Teppich des Esszimmers vor dem Tisch und den zwei Drehstühlen mit ecrufarbenem Polster und weiss gespritzten metallenen Beinen, dem dunkelblau gepolsterten Drehstuhl mit braunem Metallgestell, liegen eine schwarze Hose, ein paar weisse Turnschuhe und weisse Socken. Auf dem Tisch fällt eine blaue Baseballmütze auf. Hinter dem Esszimmer liegt die Küche mit einem grossen Kühlschrank. Ein metallenes schwarzes Geländer führt ins Erdgeschoss zum Gang mit einer gelb-grün gestreiften Tapete. Im Durchgang auf der linken Seite erscheint angeschnitten ein dritter Ermittler. Sein Blick bleibt nicht lange auf den Tatsachen des Bildes. Sie weichen den Vorstellungen des Verbrechens. Jeff Walls Fotografien evozieren Bilder von Erinnerungen, Fantasien. Nach dem Museumsbesuch erscheint Dresden in einem anderen Licht, meint sie und tastet sich mit ihrem Blick an die Gegenwart der Vergangenheit heran. Tom folgt ihr. Die Suche nach einer Unterkunft führt sie an das Ufer der Elbe zum «Blauen Wunder», einem Hotel in einem Dresdner Aussenquartier. «Blaues Wunder» nennen die Dresdner liebevoll ihre Brücke über die Elbe, die auch dem Hotel den Namen gegeben hat. Eine Gedenktafel erinnert an die Tat von vier mutigen Dresdner Bürgern, welche die Sprengung der Brücke 1945 verhindert haben. Der Garten der Villa Marie beim Brückenkopf, einem italienischen Restaurant, gewährt eine wunderbare Aussicht auf die in der Abendsonne träge fliessende, golden glänzende Elbe und den blauen Ingenieurbau. Am Ufer promenieren Liebespaare, junge Familien mit Kindern, Betagte, auf dem Fluss kursieren Raddampfer gefüllt mit Touristen, beim Beobachten des Treibens kommen Tom Bilder der französischen Impressionisten von der Seine in Paris in den Sinn. An einem runden, mit weissem Leinen gedeckten Gartentisch lassen sie sich mit einem italienischen Primitivo, Pasta zur Vorspeise, einer Tagliata zum Hauptgang, Tiramisu und Espresso zum Nachtisch verwöhnen – noch verschliessen sie sich Spezialitäten der ostdeutschen Küche. Sie geniessen den lauen Sommerabend lesend im Garten des Restaurants. Aline vertieft in «Der weisse König» des ungarischen Schriftstellers György Dragomán, eine Geschichte, die in Rumänien zur Zeit des Reaktorunfalls von Tschernobyl spielt. Er in «Weder Opfer noch Henker, Gedanken über eine neue Weltordnung» von Albert Camus. Tom erinnert sich an seine Rumänienreise von 1986, daran, dass sich Camus und Sartre wegen der Essays über eine neue

Weltordnung zerstritten. Er denkt über den Zufall der gewählten Lektüre nach, über die Verknüpfung von Geschichte, Geschichten und Erlebnissen der Gegenwart. Sie liest und geniesst die einzigartige Sommernacht. Kräftiges Laubwerk der Platanenallee entlang der Hauptstrasse verdeckt die zerfallenden Fassaden der Plattenbauten des Stadtzentrums. Golden glänzt in der Morgensonne die Reiterskulptur August des Starken vor dem Meissen Museum. Nach der Nacht im «Blauen Wunder» erkunden sie das rechte Ufer der Friedrichstadt. Liebliche Riegelbauten zeugen von der Zeit vor der Trennung nach Ende des Zweiten Weltkriegs. Auf der gegenüberliegenden Seite der Elbe die Silhouette der Semperoper. Einzelne Baudenkmäler haben die Kriege überlebt. Sie lassen Dresden hinter sich, überfordert durch die Eindrücke der deutschen Hochkultur des 18. und 19. Jahrhunderts, vom Wiederaufbau der Frauenkirche, von zeitgenössischer Fotografie, von Erinnerungen an die Geschichte des Zweiten Weltkriegs, an die Wende, diffuse Bilder voller fehlender Hintergründe erlesener Erfahrungen. Abseits der Autobahn durchfahren sie auf der Landstrasse die weite Landschaft. Knorrige Eichenstämme säumen das graue Teerband. «Kein Ort, um zu sterben.» Ein Schild klärt sie darüber auf, dass sie auf der deutschen Alleenstrasse unterwegs sind, die den Bodensee mit der Ostsee verbindet. Graffitis, der Sockel einer Sporthalle rechts von der Fahrbahn ist voll davon. Tom schlägt vor, sich die Bilder aus der Nähe zu betrachten. Er verlässt die Alleenstrasse, biegt rechts ein und hält auf einem riesigen Parkplatz, der nur von ein paar wenigen Fahrzeugen besetzt ist. Er begibt sich zur Sporthalle und fängt die Graffitis mit seiner Kamera ein. Hoyerswerda, die Satellitenstadt, ein orangefarbener Informationspavillon fällt ihm auf. Dahinter reiht sich Wohnblock an Wohnblock; hundert Wohnungen, zweihundert Wohnungen, tausend Wohnungen, zehntausend Wohnungen, die Überbauung ist überwältigend. Ein Mann mittleren Alters fährt mit einem rostigen Damenfahrrad vor den sich aneinanderreihenden Eingängen eines Wohnblocks vorbei. Zwei Frauen und ein Kind unterhalten sich vor der Porte 7, die mit einer grossen roten Ziffer gekennzeichnet ist. Eins, zwei, drei, vier, fünf, sechs, bei jedem Eingang hundert Klingeln. Trostlos die Atmosphäre, unvorstellbar, hier zu leben, für sie, die im Hochhaus von Bern-Bümpliz aufgewachsen ist, meint Aline. Tom ist sprachlos. Versucht beim Durchqueren der Siedlung seine Gefühle und Eindrücke auf Fotografien festzuhalten. Er hat Angst, seine Eindrücke zu verlieren. Im Zentrum der Überbauung, umgeben von einem Park, erinnert ein betonierter Platz mit steinernem Kreuz, steinernem Dreieck und zwei senkrechten schlanken Stelen an polnische Opfer des Zweiten Weltkriegs. Kowalski, Janowski, Wisniewski, Palizynski, Rybinski, Kaminski, Rudzinski, Gorcyzki, Zielinski, die Namen von Gefallenen sind auf quadratischen, senkrecht gestellten Steinplatten eingelassen, davor streckt eine kniende männliche Bronzefigur hoffnungslos die geballten Fäuste gegen den Himmel. Tür, Fenster, Balkon, Tür, Fenster, Balkon, Tür, Fenster, Balkon, Fenster, Fenster, Fenster, rötlichbrauner Sockel, braungraue Fassade, weisse Gesimse, erster Stock, zweiter Stock, dritter Stock, Balkon, Fenster, Tür, Balkon, Fenster, Tür, Balkon, Fenster,

Tür, Balkon, vierter Stock, fünfter Stock, sechster Stock, rote Gardinen, blaue Gardinen, grüne Gardinen, Tür, Fenster, Balkon, Tür, Fenster, Balkon, Fenster, Fenster, Fenster, siebter Stock, achter Stock, neunter Stock, Tür, Fenster, Balkon, Tür, Fenster, Balkon, Tür, Fenster, Balkon, Topfpflanze, Stoffpuppe, Flaschenschiff, Balkon, Fenster, Fenster, Balkon, Fenster, Balkon zehnter Stock, elfter Stock, zwölfter Stock, Fenster, Balkon, Fenster, Balkon, Fenster, Balkon, Leuchtschrift «Haarsalon». Erster Block. In der Blüte der Deutschen Demokratischen Republik wohnten hier zweiundsiebzigtausend Menschen. Leuchtschrift «Hundesalon». Zweiter Block. Viele haben Hoyerswerda verlassen. Leuchtschrift «Handywelt». Dritter Block. Heute leben hier noch über dreissigtausend Menschen, Deutsche und Ausländer. Der Acker der Neofaschisten scheint bestellt. Viel Arbeit für die neue Linke, deren Parteibüro in einer der eingeschossigen Annexbauten der Einkaufsmeile neben den Wohnungen vermittelnden Immobilienfirma auffällt. 1955–1981 Aufbau, 1990–2015 Rückbau. Die Renovation einer der Plattenbauten mit einem zweigeschossigen Dachgarten, einer weissen Fassade mit roten Akzenten wurde 2009 mit einem deutschen Architekturpreis ausgezeichnet, erfährt er die Fakten in der Ausstellung über die Siedlung im Informationspavillon. Die Frau im Informationspavillon lässt sich nicht auf ein Gespräch ein. Sie zieht sich in ihr Büro zurück. Alles bleibt anonym. Tom und Aline sind erfüllt von einer grossen Leere. Sie verlassen die Satellitenstadt, halten nach kurzer Wegstrecke vor einem immensen grünlichweiss schimmernden Industriebau, einem riesigen Atomkraftwerk mit zwei Reaktorbauten und zwei Kühltürmen. Ein weiteres Motiv für die Reisereportage, sie richtet das Objektiv ihrer kleinen Leica auf den Gebäudekomplex. Unter dem Signal der Sackgasse, die zum Werk führt, der Hinweis: «Kein Wendeplatz», kein Platz zum Wenden nach der Wende, denkt Tom und fährt rückwärts zurück auf die Alleenstrasse. Sensibilisiert für die Ästhetik des Morbiden fallen ihnen auf der Weiterfahrt immer wieder leerstehende Backstein-Industriebrachen auf. Die Ursache des Zerfalls ist nicht auszumachen. War es der Zweite Weltkrieg, ist es die Wende, die das Ende der Betriebe besiegelt hat, versuchen sie herauszufinden. Es bleibt bei Vermutungen, sie einigen sich, die Zerstörung rührt vom Zweiten Weltkrieg, das Einstellen der Betriebe ist die Folge der Wende. Der Krieg forderte Millionen von Toten, die Wende Tausende von Arbeitslosen. Was für ein Los für die Menschen, die hier leben. Sein Gefühl der Hilflosigkeit wandelt sich in Wut, die er mit dem Fuss auf das Gaspedal abreagiert, bis Aline ihn zur Vorsicht ermahnt. Tom fährt langsamer. Das Gefühl der Ohnmacht bleibt angesichts der Spuren der vergangenen Tatsachen des Krieges, der Wende, von denen er nur wenig weiss und nichts davon gespürt hat. Ihm fehlt es an nichts im gelobten neutralen Land, der Schweiz, ärgert er sich über seine Erinnerungen der Unzufriedenheit, die sich bei ihm manchmal zu Hause einstellen. Auf einem grünen Hügel prangt ein weisser Baukörper, der in seiner Gestalt an das Kernkraftwerk bei Hoyerswerda erinnert. Ein geschwungener Weg führt zum Gebäude hinauf. Fahrräder liegen am Wegrand oder sind an die vereinzelten Bäume auf der Hügelwiese gelehnt. Ob auf dem Hügel zuvor eine alte Eiche gestanden hat? Wie ein Kraftort kommt es ihnen vor. Der Bau hat kein Fenster. Er ist in eine weisse Lochblechfassade gehüllt, auf der sich verschiedene Buchstaben ausmachen lassen, die Weiss in Weiss auf die Fassade gedruckt sind. Buchstaben, Worte auf der Fassade einer Bibliothek, warum nicht. Sie umschreiten den Gebäudekomplex, bis sie zur Passage kommen, die den Baukörper durchdringt. Rechts liegt der Eingang zur Mensa, links die Tür zur Eingangshalle mit der Informationstheke und den Garderobenschränken. Die neue Bibliothek des Universitätscampus in Cottbus ist fünf Jahre alt. Ein Wurf von Jacques Herzog und Pierre de Meuron, einem Schweizer Architekturbüro in Basel, weissrosa. Trotz der Semesterferien ist der Ort belebt. Es herrscht ein reges Kommen und Gehen. Nach einem kurzen Besuch der Mensa mischen sie sich unter die Studierenden und erkunden die verschiedenen Etagen der Bibliothek. Eine Dame mittleren Alters am Empfang in weisser Bluse, schwarzem Gilet und schwarzer Hose empfiehlt ihnen, mit dem Lift in den siebten Stock zu fahren und über die Treppen zur Eingangshalle zurückzukehren. Der Lift bringt sie in die oberste Etage des Elfenbeinturms. Organisation und Verwaltung thronen über den Büchern. Über die Wendeltreppe gelangen sie in den sechsten Stock. Buchrücken an Buchrücken drängen sich die Bücher in schlichten metallenen Gestellen. Zwischen schmalen Gängen reihen sich Gestell neben Gestell um die im Zentrum gelegene Wendeltreppe. Trotz der geschlossen wirkenden weissen Lochblechfassade mit den dahinter liegenden Fenstern sind die offenen Räume lichtdurchflutet. Es

herrscht eine Atmosphäre der Transparenz. Sie sind fasziniert. Während sich Aline der Bibliothekarin mit techni-
schen, infrastrukturellen Details zuwendet, geniesst Tom
das Spiel von Licht und Schatten, das durch starke Farben
auf Fussböden und Wänden, Grasgrün neben Violettrot,
Zinnoberrot neben Königsblau, noch intensiviert wird.
Die Regale der Bücher sind über den ganzen Bau im Kern
des Gebäudes angelegt. Grosszügige Lesesäle und das
Multimediazentrum liegen hinter der Glasfassade. Alles
ist präzis organisiert. Die jungen Menschen scheinen sich
wohl zu fühlen, arbeiten konzentriert, blättern ausgewählten Büchern. Die wiederkehrende Spiralform im Gebäude,
bei der Erschliessung, bei den Leuchten ist eine gelungene
Metapher der curricularen Entwicklung des menschlichen
Wissens. Der kurze Zwischenhalt hat sich gelohnt, freut
sie sich. Ein Monolith, die städtebauliche Lösung wirkt
nicht überzeugend, meckert er. Er muss immer etwas zu
kritisieren haben, denkt sie und schweigt, erfüllt von den
vielen Eindrücken der Bibliothek. Von ihren Kolleginnen
habe sie nicht viel erfahren. Sie wisse es ja, sie habe es ihm
aus dem Reiseführer vorgelesen, die Ostdeutschen seien
eher verschlossen, belehrt er sie. Die Reisestimmung ist
angespannt. Tom konzentriert sich auf die Strasse. Aline
sorgt sich um die Übernachtung in Berlin. Ihr ist nicht
recht wohl dabei, ohne Reiseplanung, ohne Reservation
unterwegs zu sein. Er reiht sich in den Berliner Abendverkehr. Es ist, als ob er jeden Tag die Route fahren würde.
Auf dem Prenzlauer Berg angekommen, hält er den Panda
an, steigt aus, wendet sich zwei diskutierenden Männern
zu, grüsst und fragt nach einem nahegelegenen Hotel.

Zwei Querstrassen dann nach links, nach rechts, dort wäre ein kleines, feines Hotel, meint der eine, bestätigt der andere. Er bedankt sich, steigt ein, wirft den Motor an, folgt der Wegbeschreibung und parkiert vor dem Haus Belfortstrasse 21. «Ackselhaus» steht am Gebäude aus der Jahrhundertwende. Die Fassade ist frisch renoviert. Er begibt sich zur Rezeption, einem schlichten Raum, stilvoll eingerichtet. Sie hätten noch ein Doppelzimmer frei, für zwei Nächte, im fünften Stock, das letzte, bestätigt ihm die Frau am Empfang. Das nehmen sie, entscheidet er. Tom erledigt die Anmeldung, bezahlt, nimmt den Schlüssel, holt Aline und das Gepäck aus dem Auto. Hinter einer schweren Holztür öffnet sich ein kleiner, gepflegter Innenhof, der an einen japanischen Garten erinnert, ein Holzsteg führt über ein Wasserbecken mit japanischen Kois zum Treppenhaus des Hotels. Eine Steintreppe mit Metallgeländer und Holzhandlauf führt hinauf in den fünften Stock. Den Schlüssel ins Schloss gesteckt, den messingfarbenen Türgriff hinuntergedrückt und hereinspaziert. Aline und Tom sind überwältigt. Eine super Lounge, entfährt es ihr. Das passt, geschmackvoll eingerichtet, ruhig unterm Dach inmitten von Berlin. Sie ist erleichtert. Tom ist ein Glücksfall, ihm fallen die Dinge einfach zu. Sie richten sich ein. Das Bad ist gleich gross wie der Schlafraum. Ein massiver Holzparkett schafft eine noble Atmosphäre. Lavabo und Toilettenspiegel stehen frei im Raum vor einer grossen Fensterfront. Viele kleine Accessoires schmücken den Raum. Ein grosser auf dem Boden stehender Buddha-Kopf trägt dazu bei, die Körperpflege als Ritual zu empfinden. Aline ist begeistert. Der Schlafraum ist von einem in Massivholz gebauten Himmelbett dominiert, assortiert dazu finden sich eine Glasvitrine gefüllt mit antiquarischen Kostbarkeiten, ein Salontisch mit passenden Stühlen. Die Balkontür ist flankiert von einer Multimediasäule und einer weiteren Buddha-Büste, die zur Kontemplation einlädt. Sie erfrischen sich. In neuer Kleidung, sie in Jeans, einem passenden blauen Shirt, blauem Pullover und leichter Sommerweste, er von Kopf bis Fuss in seinem obligaten schwarzen Outfit, machen sie sich auf den Weg zum Apéro. Er schlägt vor, unweit von der Kulturbrauerei ein kleines Restaurant zu suchen. Er war schon mehrere Male im Prenzlauer Berg, dennoch fällt es ihm schwer, sich zu orientieren. Es klappt, nach einem kleinen Umweg finden sie das gesuchte Lokal. Ein «In Place». Was die bekannten Gäste bestätigen. Sie bestellen zwei Glas französischen Chardonnay und eine Portion marinierte Oliven, Brot und Olivenpaste. Wie in Paris, meint sie und erinnert sich an ihre gemeinsamen Ausflüge in die französische Metropole. Er ärgert sich künstlich und widerspricht: Nein, wie in Berlin eben. Sie lachen und stossen an und freuen sich am bekömmlichen französischen Wein in einer Berliner Kneipe. Er schlägt vor, am Abend ins Kino zu gehen. Sie findet den Vorschlag gut, verlässt gleich den Apéro-Tisch, um sich über das Kinoprogramm der gegenüberliegenden Kulturbrauerei schlau zu machen. Mit zwei Tickets für die Abendvorstellung des Films der iranischen Künstlerin Shirin Neshat, «Woman Without Men», kommt sie zurück. Sie habe diesen Film schon lange sehen wollen. Er dankt für die Einladung. Nach zwei weiteren Glas Chardonnay machen sie sich auf, um ein Lokal für das Nachtessen ausfindig zu machen. Sie schlendern durch die weiten belebten Strassen des Prenzlauer Bergs, freuen sich an den spielenden Kindern, an der Stimmung in den Strassenrestaurants. Er sucht ein bestimmtes Restaurant, in dem er vor ein paar Jahren ausgezeichnet gegessen hatte. Vergebens, orientierungslos. Er, der sonst ohne Stadtplan, ohne Karte jeden Ort findet. Immer wieder kommen sie an den gleichen Restaurants, an den gleichen Strassennamen vorbei. Hoffnungslos. Schliesslich stehen sie wieder vor der Apéro-Kneipe. Ein Zweiertisch ist noch frei. Sie greifen zu. Bestellen das Nachtessen: einen grünen Salat mit französischer Sauce, ein Roastbeef mit Sauce Café de Paris und Bratkartoffeln, dazu eine Flasche Bordeaux. Wie in Paris, lacht sie. Tom stimmt diesmal in ihr Lachen ein. Sie geniessen das Nachtessen und planen ihre weiteren Erlebnisse in Berlin. Shirin Neshats «Woman Without Men», sie sitzen im Foyer und trinken einen Digestif. Noch fünf Minuten bis zum Filmbeginn. Sie drücken sich in die Kinosessel. Das Licht geht aus. Der Film beginnt mit den üblichen Werbungen im Vorfeld. Die Musik, die ersten Bilder bringen sie in eine andere Kultur … Morgen. Hamburger Bahnhof, «Bruce Naumanns, Dream Passage» Neue National Galerie Berlin, die Sammlung. «Rudolf Stingels» «Magnum-Fotografen – eine Auswahl.» Klärchens Ballhaus. Danach. Ravensbrück … Das Frauenkonzentrationslager. Und noch viel mehr. Gegen das Vergessen. Die Einsicht, dass es Situationen gibt, in denen die Rache keine Sühne mehr bietet. Und man dennoch nicht hoffnungslos sterben will ohne Sinn. Man den Sinn in der Natur und in der Kunst findet, ohne dabei getröstet zu werden. Die

Macht der Destruktivität. Erich Fromm. Tom will das Buch noch einmal lesen. Vielleicht versteht er es jetzt. Grete Minde von Theodor Fontane. Hat viel mit Ravensbrück zu tun. Menschenversuche. Kriegslagerbordell. 80 Millionen Seifen, um die Hände in Unschuld zu waschen. Ein Projekt von Othmar Hörl. Waren ... Müritz ... Nationalpark. Seeadler, Kraniche, Neuntöter, Libellen, Eichenwälder und Theodor Fontane, die Apotheke, ein Hotel, ein Strassenname erinnert an ihn. Die Wanderfalken gegen die Nebelkrähen. Die Schmetterlinge. Die stillen Wasser. Rügen, Binz, Umanz, Waase, Hiddensee, Graugänse, Bussarde, Schwalben, Mauersegler, Würger, Surfer, Drachen, Zeltstadt, Küstenwanderung. Gerhart Hauptmann, Erinnerungen an die Weber, Kafka, Brecht, Freud, Kandinsky – alle waren sie auf der Insel, schön zu teilen, was sie auf die Insel geführt hatte. Abendstimmung, kurze Schiffsreise zwischen Himmel und Erde auf einem goldenen Meer. Stralsund. Zwischenhalt. Arneshoop. Strand, Bauhaus, Walter Butzek, ein unbekannter Architekt, ein Vertreter des Neuen Bauens, der neuen Sachlichkeit, Kirche, Künstlerinnen und Künstler, die «Bunte Stube», Strandkörbe, die Ostsee, plantschen und schwimmen im kühlen erfrischenden Nass. Grosse Schiffe fahren am Horizont vorbei, auf einem Spinnenfaden balancierend laufend in Gefahr, in den Himmel zu kippen oder im Meer zu versinken. Dändorf. Die Insel Poel. Hamburg. Altona. Die Elbphilharmonie. Das Ende einer Reise, ein Trost nach dem schmerzhaften Verlust eines Freundes in Paris.

Vergangen und doch nicht vorbei.

Es gibt gute. Es gibt schlechte. Keine gibt es nicht. Manchmal entfallen sie. Beschäftigen tun sie aber immer. Im Bewussten oder Unterbewussten. Denkt er, als er vor dem weissen Blatt sitzt und sich überlegt, was ihm von all dem Erlebten über all die Jahre als Erstes in den Sinn kommt. Keine Kriterien, keine Ordnung, keine Rangliste der Wichtigkeit. Spontan. Was kommt ihm in den Sinn, will er ergründen. Nichts. Der letzte Traum. Nein, geträumt hat er nicht letzte Nacht, denkt er. Er kann sich zumindest nicht erinnern, geträumt zu haben. Er schaut hinaus in die Frühlingslandschaft mit den kahlen schwarzen Bäumen, die mit ihren Knospen bald die grünen Blätter treiben. Es ist still. Es scheint, als sei die Natur immer noch in Totenstarre. Keine Stimme, nur das leise Summen der Kühlung des Laptops. Vielleicht hilft ein Stichwort. Ein Geräusch. Er glaubt, das Weinen des kleinen Max im zweiten Stock zu hören, der um die Brust der Mutter bettelt. – Und. Jetzt geht's los. Brüste. Sie machen ihm Angst. Am liebsten mag er die flachen, festen mit dem dunklen Warzenhof, mit einer markanten Warze, die beim Berühren fest wird. Er mag das leise Stöhnen der Atemzüge einer Frau, wenn er sie streichelt. Mit den Brüsten paaren sich Namen. Das erste Mal. Es war im Haus der Nachbarn. Elsa, die zwölfjährige Tochter, hatte ein eigenes Zimmer und war alleine zu Hause. Er klingelte. Sie öffnete. Liess ihn ein. Sie gingen hoch in ihr Zimmer im zweiten Stock unter dem Dach. Elsa trug Strümpfe. Von der Wäsche seiner Mutter wusste er, dass es zum Tragen von Nylons einen Strumpfgurt brauchte. Zwischen Slip und Strumpf war die nackte Haut. Ob sie ihm helfen könne. Sie sei doch in der höheren Klasse, begann er unsicher, aufgeregt das Gespräch und setzte sich neben sie auf den Stuhl, auf den sie wahrscheinlich ihre Kleider legte, wenn sie sich auszog vor dem Schlafengehen. Wobei, wollte sie wissen. Er wolle mehr über Mädchen wissen. – Was?, fragte sie ihn erstaunt. – Er fasste sich ein Herz. Na ja, wie das so sei mit dem Körper der Mädchen. Mit den Brüsten zum Beispiel. Sie errötete. Er hatte beobachtet, dass sie einen Büstenhalter trug. Seine Neugierde verunsicherte sie. Wie er sich das vorstelle. Ob sie ihre Bluse aufknüpfen würde, ihm ihre Brüste zeigen würde. – Nein, niemals, stammelte sie, überrascht vom Ansinnen des Nachbarjungen, der ein Jahr jünger war als sie. Es war warm unterm Dach. Eine beklemmende Stille machte sich im Zimmer breit. Wie weiter?, dachte er. Nur nicht aufgeben. Er wollte ihre Brüste sehen. Er wollte mitreden können mit den grösseren Jungs, die mit ihren Mädchenbrüsten prahlten. Die von der, nein von der anderen seien die geilsten, die grössten. Er spürte, wie sein Puls stieg, wie sein Körper sich erregte, sich Gefühle einstellten, die ihm fremd waren, wenn er den Prahlereien folgte. Den Schürzenjägern der Oberstufe, denen er alles glaubte. Obwohl, wie er erst später erfuhr, das meiste ihren Fantasien entsprungen war. Er legte zögernd seine Hand auf Elsas Knie. Sie wich zurück und schaute ihn erschreckt an. Zögernd glitt ihre Hand hoch zu den obersten Knöpfen der weissen Bluse, deren Transparenz den Blick auf den Büstenhalter gewährte. Die Spannung war nicht zu toppen. Dachte er. Nein, denken war nicht mehr angesagt.

Erregung pur. Die Knöpfe der Bluse blieben geschlossen. Er werde es für sich behalten. Flehte er. Sie schloss die Augen. Nestelte am Knopf beim Kragen. Seine Augen folgten ihren unsicheren Bewegungen, die Knopf um Knopf ihr Dekolletee freigaben. Die Spitzen des Büstenhalters wurden sichtbar. Sie schwitzte. Ihr Geruch füllte den Raum. Plötzlich packte sie die Scham. Sie kreuzte die Arme vor der Brust. Er streichelte ihre Unterarme und bettelte weiter. Zeig. Sie machte eine brüske Bewegung und da lagen sie vor ihm. Zwei wunderschöne junge Brüste. Die Brustwarzen hatten sich vor Erregung zusammengezogen. Bis jetzt kannte er die Brüste nur von Bildern. Akten. Nacktaufnahmen in Sexheftchen. Es war still. Der Atem das einzige Geräusch. Er legte seinen Kopf auf die nackten Brüste und schloss die Augen. Sie griff mit ihren Händen in sein krauses Haar. Drückte ihn an sich. Das also war Ewigkeit. Die Scham kam zurück. Sie stiess ihn weg und stülpte den Büstenhalter über die Brüste. Knöpfte hastig die Bluse zu. Er hatte den Kopf gesenkt und wagte nicht, in ihre Augen zu schauen. Danke. Er müsse jetzt gehen. Die Mutter komme heim, sagte sie. Er stellte den Stuhl an seinen Platz zurück. Stürzte die Treppen hinunter und schlug die Tür hinter sich zu. Noch wallte das Blut in den Adern, im Kopf. Jetzt konnte er mitreden, dachte er und wusste, er würde schweigen. Machte sich hüpfend auf den Heimweg.

Hans: Eine Liebesgeschichte in zwei Akten

1. Akt: Der Opernbesuch

Sie steht vor dem Spiegel im Schlafzimmer und hält sich das kurze Schwarze mit den Spaghettiträgern vor den nackten Körper. Nein, das ist zu gewagt. Zu viel Haut, denkt sie und hängt es zurück in den Kleiderschrank, streicht mit der rechten Hand über die sorgfältig an Kleiderbügeln hängende Garderobe. Sisley, Benetton, Jill Sander. Auf dem Schwarzen mit hochgeschlossenem Kragen und langen Ärmeln hält sie ein. Sie nimmt das Kleid vom Bügel von der Stange und stellt sich wieder vor den Spiegel. Das ist die richtige Wahl, nickt sie überzeugt dem Spiegelbild zu und legt das Kleid auf das Bett. Sie zieht sich einen schwarzen Slip über den Hintern, verstaut ihre Brüste im dazu passenden Büstenhalter und streift die schwarzen Netzstrümpfe über die sportlichen Schenkel. Mit regelmässigem Joggen hält sie sich fit. Konfektionsgrösse 34 und 168 cm gross, zu klein, um zu modeln. Sie schlüpft ins ausgewählte Kleid, wirft den Kopf in den Nacken und schüttelt das dunkelblonde lange Haar. Das Bild im Spiegel erinnert sie an die Fotos von ihrer Konfirmation. Das Konturieren des Mundes mit dem Fettstift, das Einfärben der Lippen mit einem kräftigen Rot, das Akzentuieren der dunkelbraunen Augen mit blauschwarzer Wimperntusche machen aus der Konfirmandin eine attraktive Frau. Sie schlüpft in schlichte schwarze Ballerinas. Zufrieden prüft sie vor dem Spiegel mit kritischem Blick ihr Outfit, bevor sie das Schlafzimmer verlässt. Von der Garderobe im Gang nimmt sie die schlichte schwarze, in die

Taille geschnittene Lederjacke und hängt sie über die linke Schulter. In die Handtasche steckt sie Portemonnaie, Schminkzeug, Autoschlüssel und Taschentücher. Ein letzter kontrollierender Blick zurück in die geschmackvoll, hauptsächlich mit italienischen Designermöbeln eingerichtete Dreizimmerwohnung. Die Tür fällt ins Schloss. Sie dreht den Schlüssel und versorgt ihn in die Handtasche, die sie sich danach unter den rechten Arm klemmt. Der Lift bringt sie vom achten Stock des neu erbauten Mehrfamilienhauses im Nordosten der Stadt in die Tiefgarage. Sie wirft den Motor ihres Minis an und fährt in die Abenddämmerung, die sich über die belebten Strassen der Stadt ergiesst. Sie liebt ihr Single-Leben, ist glücklich mit sich und der Welt. Als Kulturredaktorin einer erfolgreichen Frauenzeitschrift hat sie ihren Traumjob gefunden. Nach dem Studium der Kunstgeschichte war sie als Assistentin in verschiedenen Galerien tätig, schrieb als freie Journalistin zahlreiche Ausstellungskritiken für Lokalzeitungen. Eine geraume Zeit arbeitete sie als wissenschaftliche Assistentin im Schweizerischen Institut für Kunstwissenschaft. Sie war 35 Jahre alt, als sie sich auf das Stelleninserat «Kulturredaktorin gesucht» vor sieben Jahren meldete. Es bleiben ihr noch 49 Minuten bis zum Rendez-vous. Hans hat sie eingeladen. Sie kennt ihn aus der Studienzeit. Unlängst hat er sich von seiner Familie getrennt. Er hatte Germanistik studiert. Er unterrichtet am Literaturgymnasium. Sie hatten sich nach dem Studium aus den Augen verloren. Vor einem Monat begegneten sie sich zufällig an der Vernissage der Seurat-Ausstellung im Kunsthaus. Vierzehn Tage später lud er sie zum Nachtessen ein. Jetzt ist die Verführung durch Mozarts «Don Giovanni» angesagt. Sie ist gespannt. Hans ist mit seinen 183 cm, dem grau melierten krausen Haar, seinem kantigen Gesicht und dem sportlichen Körper ein attraktiver Mittvierziger. Der steigende Puls verrät ihre Aufregung. Flüssig strömt der dichte Abendverkehr durch die Täler der Wohn- und Geschäftsquartiere zum See. Hans sitzt im Elfertram. Zwanzig Minuten dauert die Fahrt vom Escher-Wyss-Platz zum Bahnhof Stadelhofen. Er liebt die Tramfahrten durch die Stadt. Tram fahren ist gut für den Ökobonus, denkt er, setzt die Lesebrille auf und beginnt in der Frauenzeitschrift zu schmökern. Das letzte Mal blätterte er darin, als er für seinen alljährlichen Gesundheitstest im Wartezimmer seines Hausarztes sass. Seit seiner zufälligen Begegnung mit Iris, der Kulturredaktorin, gehört das Frauenmagazin zu seinem regelmässigen Lesestoff. Im Tram auf dem Weg zum Opernhaus überfliegt er die Seiten der aktuellen Nummer über Lifestyles, über das Kochen, das Reisen und die Mode, bleibt am einen oder anderen Artikel hängen, betrachtet die eine oder andere Fotografie der meist jungen, attraktiven Frauen in Pose, bis er zum Wesentlichen kommt, dem Kulturteil. Ein Wegbereiter der Moderne. Georges Seurat im Kunsthaus Zürich. Die Headline gewinnt seine Aufmerksamkeit. Erst 31-jährig verstarb Georges Seurat in Paris an Diphtherie. Umso eindrücklicher sei die Qualität der Werke der im Kunsthaus gezeigten Ausstellung. Diphtherie. Hans greift sich an den Hals, räuspert sich. Ob er dagegen wohl geimpft ist? Er glaubt, deutliche Symptome zu spüren. Eine Entzündung im Hals, trockener Husten. Bestimmt hat er

sich bei einem der Ausländer aus dem Balkan im Quartier-
laden angesteckt. Seine Verdächtigung ist ihm unangenehm. Antibiotika. Die Idee beruhigt ihn. Gleich morgen
würde er zum Arzt gehen. Er sei ein krankhafter Hypo-
chonder. Kaum höre oder lese er von einer Krankheit,
glaube er sie zu haben, erinnert er sich an die Vorwürfe
seiner Frau Ursula. Sie hatte recht. Das ärgert ihn. Im vertrauten Rhythmus der Tramgeräusche wendet er sich wieder dem Artikel über Seurat zu. Die Angst der Diphtherie
weicht der Faszination für den Maler, der den Farbtupfer
auf den Punkt gebracht hat. Pointillismus. Vor dem Besuch
der Ausstellung im Kunsthaus hatte er für Georges Seurat
nicht viel übrig. Zu stark war auf ihn die Wirkung der Impressionisten und Expressionisten. Er empfand diese Farb-
tupfen-Malerei zwischen den zwei Epochen als maniert.
Gezwungen, gestellt, gesucht, geziert, gehemmt, gequält,
gekünstelt. Die Inszenierung der Bilder in der Ausstellung
im Kunsthaus widerlegte seinen bisherigen Eindruck und
machte ihm die Kraft des Schaffens des jungen französischen Malers deutlich. Das kleinformatige Bild vom un-
fertigen Eiffelturm auf einer ungefähr sechs mal vier Meter grossen, in dunklem Blau gehaltenen Wand, zentriert
gehängt ganz alleine in einem schlichten, aber viel zu breiten vergoldeten Rahmen, hielt allen Widerwärtigkeiten
stand. Der sich im Bau befindende Metallturm wurde auf
dem Bild zum Sinnbild des Glaubens an die Technik und
liess gleichzeitig gewisse Zweifel an der damaligen Eu-
phorie der Industrialisierung aufkommen ob der Fragilität
der menschlichen Konstruktion, die in der feinen Auflö-
sung der Farben in reine Farbtupfer sich mit dem Himmel

verbindend ihren Ausdruck fand. Seine eigenen Erinnerungen an den Ausstellungsbesuch mischen sich mit den Zeilen des Textes der Kunstkritikerin. Niemand könne sagen, Georges Seurat sei in Vergessenheit geraten. Seine Bedeutung für die moderne Kunst würde aber allgemein unterschätzt. Die Retrospektive im Kunsthaus, aus Anlass seines 150. Geburtstags, gebe trotz ein paar fehlender bedeutender Arbeiten ein eindrückliches Gesamtbild seines Schaffens. Angeregt durch die Erkenntnisse der neuen Farbentheorie habe Georges Seurat schematisch gesetzte, reine Farbpunkte nebeneinander auf die Leinwand platziert, die sich erst im Auge des Betrachtenden zum eigentlichen Farbton und Farbklang mischten. Die individuell geprägten Pinselstriche der Impressionisten seien systematisch gemalten Tupfen gewichen. Nicht nur die von Seurat angewandte additive Farbtheorie habe die damalige akademisch beherrschte Kunstszene in Paris irritiert. Er habe sich zum Ärger der Pariser Hautevolee auch vor gesellschaftskritischen Motiven nicht gescheut. So sei die im Kunsthaus gezeigte finale Studie des Werks «Un Dimanche à la Grande Jatte" das Resultat von unzähligen Skizzen der Seine-Insel, einem beliebten Erholungsgebiet der Pariserinnen und Pariser. Auf dem Bild karikiere Seurat die damalige Modewelt und mische unter die Damen der Gesellschaft gar im Zentrum des Geschehens eine Prostituierte, die ihren Affen an der Leine spazieren führe. Die Malerei sei die Kunst, eine Oberfläche auszuhöhlen, das heisse die Kunst, auf einer flachen Leinwand einen Eindruck von Tiefe zu erzeugen. Zietiert Michelle Fos im zur Ausstellung erschienenen Katalog ein Gespräch zwischen

Georges Seurat und dem symbolistischen Dichter Gustave
Kahn. Das Kunsthaus zeige mit den Zeichnungen, Ent-
würfen und den finalen Werken alle Facetten von Seurats
Schaffen, das neben der Einsicht der kalkulierten Kompo-
sition den Betrachtenden auch einen Eindruck der Poesie
zulasse, schliesst die Kunstkritikerin ihre Betrachtungen.
Nächster Halt Bahnhof Stadelhofen. Hans schreckt aus
seiner Lektüre auf. Lässt das Frauenmagazin auf seinem
Sitzplatz zurück und begibt sich zur Ausgangstür. Die
Tramfahrgäste überschwemmen die Haltestelle. Hans hält
ein. Entschleunigt. Er hat noch genug Zeit. Er bleibt auf
dem Fahrsteig zurück und wartet, bis sich die Menschen-
traube lichtet. Erst jetzt rückt er den schwarzen Kittel zu-
recht, überprüft die schwarze Armani-Jeans darauf, ob
auch alles richtig sitzt. Streift mit einem Papiertaschen-
tuch, das er aus der rechten Kitteltasche nimmt, den Staub
von den schwarzen Halbschuhen und wirft es sorgsam in
den nächsten Abfallkübel. Er trägt ein weisses Hemd und
eine passende schlichte schwarze Krawatte. Eine Ausnah-
me. Ein Kompromiss mit «Don Giovanni». Nur nicht auffallen, denkt er sich. Eigentlich hasst er grosse Menschen-
ansammlungen, das Sehen und Gesehenwerden. Er
überquert die Strasse und schreitet über den weiten Platz
zum Eingang des Opernhauses. Zwei Plätze für die Premiere von «Don Giovanni» – eine einmalige Gelegenheit.
Er hat sie von seinem Kollegen, dem Musiklehrer des Literaturgymnasiums, erhalten. Seit Jahren hat dieser ein
Abonnement für die Oper und besucht mit seiner Gattin,
einer ehemaligen Sängerin, regelmässig alle Aufführun-
gen. Wenn er verhindert ist, bietet er seine Plätze den Kol-

legen an. Heute profitiert Hans und freut sich auf den Abend mit Iris. Sie ist nicht nur schön, nein, auch gebildet, belesen, neugierig – eine wunderbare Begleiterin, erinnert er sich an das Gespräch beim Nachtessen vor vierzehn Tagen. Ob sie ihn im Foyer des Opernhauses bereits erwartet? Ihr Blick richtet sich jedes Mal erwartungsvoll auf die sich automatisch öffnende schwere Eingangstür mit den Messingbeschlägen. Sie hätte es vorgezogen, wenn Hans sie im Foyer erwartet hätte. Ob etwas dazwischengekommen ist? Er benutzt kein Handy und kann sie deshalb vielleicht nicht erreichen. Etwas verunsichert nippt sie an ihrem Champagnerglas und stellt es auf das Stehtischchen mit dem weissen gestärkten Baumwolltischtuch zurück. Es scheint ihr, als stehe die Zeit im Opernhaus still. Alles wirkt wie aus der Epoche des Historismus, dem Stil, in dem das Opernhaus nach den Plänen der Wiener Architekten Ferdinand Fellner und Hermann Helmer 1891 erbaut worden war. Selbst die Menschen mit ihren besonderen Garderoben scheinen ihr nicht von dieser Welt. Sie entschliesst sich, die Freizeit mit dem Beruflichen zu verbinden, geht zur Kasse, zeigt ihren Presseausweis und erhält die Pressemappe. Für ihr Vorhaben gerüstet, kehrt sie zum Stehtischchen mit ihrem Champagnerglas zurück. Sie will ihr Allgemeinwissen über das Musikgenie etwas auffrischen, liest die kurze Einführung in die Oper «Don Giovanni», die mit der Biografie Mozarts beginnt. Die Zeittafel im Programmheft bestätigt ihr das Funktionieren ihres Gedächtnisses. Mit 31 Jahren habe er im Zenit seines Schaffens gestanden. In dieser Zeit habe er den «Don Giovanni», der bei Kennern als die beste Oper schlechthin gelte, geschrieben. Die kurze Fassung seiner Biografie, die sich vor allem auf die Jahre zwischen 1781 und 1791 bezieht, die Phase, in der er als freischaffender Komponist in Wien lebte, macht ihr einmal mehr die Genialität des jungen Komponisten deutlich. Sie überfliegt die Beschreibung des Geschehens in den beiden Akten, wirft einen kurzen Blick auf die Besetzung. Es dürfte eine genussvolle Aufführung werden. Von Hans erhofft sie sich Unterstützung für die Besprechung der Premiere. Noch ist er nicht gekommen. Vor dem Haupteingang entscheidet er sich, den Nebeneingang zu benützen. Er entdeckt Iris am Stehtischchen auf der gegenüberliegenden Seite. Ausgestattet mit dem Abonnement des Musiklehrers holt er sich an der Kasse die Karten. Noch bleibt Zeit für eine kurze Erfrischung. An der Bar besorgt er zwei Gläser Champagner. Darauf erschreckt er seine in die Lektüre des Programms vertiefte Begleiterin. Iris. Sie verstaut die Presseunterlagen in die Handtasche. Drei flüchtige Küsse auf die Wangen, die vertraute Begrüssung aus der Studienzeit. Sie lässt sich ihre Erleichterung nicht anmerken. Hans unterdrückt seine auftretende Freude. Sie stossen an und nehmen einen erlösenden Schluck aus den tulpenförmigen Kelchen. Der Abend kann beginnen. Sie zählen zu den ersten Besuchenden. Noch stehen im Foyer wenige Personen einzeln, paarweise oder in kleinen Gruppen an den Stehtischchen oder machen es sich in den Sitzgruppen bequem. Einige scheinen ins Programmheft vertieft, andere in angeregte Gespräche verwickelt. Iris und Hans prosten sich erneut zu, würdigen sich mit gegenseitigen Blicken. Scheinen zufrieden mit der Erscheinung des Begleitenden. Iris gefällt Hans in ihrem schlichten eleganten schwarzen, aufeinander abgestimmten Outfit. Sie amüsiert sich über das weisse Hemd und die schwarze Krawatte. Es sei ein Kompromiss mit «Don Giovanni», sagt er. Sie mag seinen Witz. Sie greift an den Krawattenknoten. Löst ihn. Zieht die Krawatte schwungvoll weg. Öffnet seinen obersten Hemdknopf und sagt, das sei Kompromiss genug. Hans nimmt die Krawatte aus ihrer rechten Hand und versteckt sie verlegen in der linken Westentasche. Nur nicht auffallen. Sie hat ihn überrascht. Er fühlt sich wohler. Er mag das Spontane an ihr. Es bringt Ungezwungenheit. Die Dinge um sie bewegen sich. Der Kronleuchter im Foyer beginnt zu strahlen wie der Sternenhimmel in der Wüste. Das Gemurmel der Gäste klingt wie ein mehrstimmiges Pianissimo des Opernchors. Die gestärkte steife weisse Baumwolltischdecke fühlt sich seidig an. Der Champagner entwickelt sich beim Abgang zum Nektar einer Orchidee. Der diskrete Duft ihres Parfüms berauscht seinen Verstand. Alles Grau des Alltags scheint bunter zu werden, an Qualität zu gewinnen. Die richtige Stimmung für «Don Giovanni», denkt er. Bei den Treppen und den Eingängen zum Parkett stehen Damen mittleren Alters mit weissen Blusen, einem schwarzen Jupe und den klassischen fleischfarbenen Nylons. Ihre Füsse stecken in schwarzen Absatzschuhen. Nein, die Sitzplätze könnten noch nicht bezogen werden, sagen sie freundlich, aber bestimmt. Ob man ein Programmheft wünsche. Sie tragen eine Beige davon in der linken Hand und strecken einem mit der Rechten ein Exemplar entgegen. Die Szene wiederholt sich immer wieder bei den neu eintreffenden Gästen, die mit dem Prozedere im Opernhaus nicht vertraut sind. Vergnügt schauen Iris und Werner dem Treiben zu. Sie tauschen Erlebnisse der letzten Tage aus und verkürzen sich die Zeit mit Lästern über die Besucher. Ob die beiden alten Damen in ihren goldbraunfarbenen Deuxpièces am Stehtischchen vis-à-vis mit den mit Naturperlen besetzten Ohrsteckern verzierten grossen Ohren das hohe C der Sopranistin wohl noch hören könnten?, fragt Iris schalkhaft. Sie würden sich wohl eher auf die Bassstimme freuen, die sich harmonisch mit dem Meeresrauschen in ihrem Gehör vereine, lässt sich Hans auf das Hecheln ein. Es gefällt ihnen, über andere zu reden, über sie zu lästern, zu mutmassen. Es erinnert sie an ihre Studienzeit. Nach den Vorlesungen pflegten sie sich in der warmen Frühlingssonne in kleinen Gruppen auf eine Treppe im Niederdorf zu setzen, den Passanten zuzuschauen, über sie zu sprechen und sie den verschiedenen Typengruppen zuzuweisen: den Spiessbürgern, den Bourgeois, den Möchtegern, den Tunichtgut. Damals habe er hauptsächlich Gauloises blau geraucht. Überhaupt nur Zigaretten mit schwarzem Tabak ohne Filter, meist französische. Manchmal eine Parisienne ronde. Er habe den Achtundsechzigern nahegestanden, sinniert Hans. Ihre Ideale hätten sich leider in Rauch aufgelöst. Heute sei er Nichtraucher. Wichtige Exponenten der damaligen Zeit seien verstorben oder sässen in Verwaltungsräten, in führenden Positionen der Politik oder der Verwaltung. Auch die Intellektuellen schwächelten. Sie seien versöhnlich geworden. Iris langweilt sein frustrierendes nostalgisches Fazit. Es scheint ihr, Hans wolle seinen Opernbesuch rechtfertigen. Sie will sich den Abend nicht verderben lassen. Sie regt an, das im Opernhaus eintreffende Publikum ernsthaft unter die Lupe zu nehmen. Die gepflegten, oft gar manikürten Finger des männlichen Publikums stechen Hans in die Augen. Da dürfte wohl keiner in einer Baugrube oder am Fliessband arbeiten. Die machten sich die Hände nicht schmutzig. Seit dem Bankenskandal seien wir eines Besseren belehrt, lächelt Iris verschmitzt. Sie bemerkt, dass auch das gefärbte Haar der sorgfältig frisierten Damen nicht über ihr Alter hinwegtäuschen könne. Das Durchschnittsalter des Publikums würde heute durch sie wesentlich gesenkt, witzelt sie. Mit ihren Markenkenntnissen ordnet Iris das Publikum anhand der Armbanduhren in Baume-Mercier-, IWC-, Rolex-, Rado-, Swatch-Trägerinnen und -Träger. Dabei fällt ihr auf, dass die Rolex-Träger überwiegen, aber auch Swatch beim Opernpublikum nicht schlecht vertreten ist. Hans zweifelt, ob all die funkelnden Diamanten an den faltigen Hälsen, den knochigen Fingern und den lang gezogenen Ohrläppchen echt sind. Das Kokettieren der älteren Damen amüsiert ihn. Man lasse an der Oper Frau zeigen, was man habe, meint Iris. Die natürliche Schönheit, wagt er sich, mit ihr zu flirten. Ich habe ihn zurück, denkt sie. Er hängt nicht mehr seinen trüben nostalgischen Gedanken nach. Dabei beobachtet sie ein paar Pärchen mit einem deutlich ersichtlichen Altersunterschied, ältere gepflegte Männer mit jüngeren Damen. Sie habe recht, stellt Hans fest, Mann zeige, was Mann habe, und lacht. Der Gong kündet den baldigen Beginn der Aufführung an. Die Torwächterinnen geben die Zugänge zu den Sitzplätzen frei. Hans zeigt die Billette der Frau bei der rechten Treppe. Sie werden über den linken Aufgang zum zweiten linken Rang gelotst, wo sie in der Mitte der ersten Reihe ihre Plätze finden. Die Reihen füllen sich. Es herrscht ein gesitteter, emsiger Betrieb. Man kennt sich, stellt Iris fest. Es lassen sich wenig junge Gesichter ausmachen. Im Orchestergraben kommt Leben auf. Die Instrumente werden auf das a der ersten Geige gestimmt. Iris nimmt den einen oder anderen Gesprächsfetzen auf. Erfährt von Ferien in Dubai, von Arztbesuchen, von bevorstehenden Operationen, vom neu erworbenen Schmuckstück. Smalltalk. Hans registriert, dass selbst die Damen auf den Plätzen im zweiten Rang, den billigen Plätzen, Nerz tragen. Der Beleuchter dimmt das Licht der Deckenleuchter. Der golden leuchtende Saal mit den opulenten, an die Barockzeit erinnernden Verzierungen erlischt in der Dämmerung. Das Publikum schweigt. Der Applaus bricht die gespannte Stille. Der Dirigent betritt den Orchestergraben. Präzis setzen die Instrumente auf das Zeichen des Dirigenten ein. Die Overtüre. Der Vorhang gibt die Bühne für den ersten Akt frei. Das Spektakel beginnt. Nein, es sei kein Drama, auch wenn Donna Annas Vater, der Komtur, im Duell mit Don Giovanni getötet werde. Sie glaube zu wissen, dass Mozart selbst das Stück als eine Opera buffa in seiner Werkliste aufgeführt habe, beginnt Iris die Diskussion mit Hans über den ersten Akt. Trotzdem, dramatisch sei das schon, wenn der Wüstling eine versprochene Braut verführe, deren Vater umbringe und sich dann aus dem Staub mache in Gewissheit, dass er sich Feinde geschaffen habe, die Rache wähnten. Das seien klassische Elemente des Dramas, Liebe und Tod, verteidigt er seine Position. Gerade mit der heutigen Interpretin der Rolle von Donna Anna sei deutlich geworden, dass Anna an der Verführung Gefallen gefunden habe, moniert Iris weiter. Eine junge hübsche Frau unterbricht das Gespräch. Ob sie für ein kurzes Interview während der Pause Zeit hätten. Das Opernhaus mache Erhebungen beim Publikum. Sie könne ihnen als Gegenleistung eine Erfrischung offerieren. Hans glaubt in der jungen Studentin eine ehemalige Schülerin des Literaturgymnasiums zu erkennen. Das Gesicht ist ihm vertraut. Nicht, dass er sie unterrichtet hätte. Aber. Warum nicht, nickt Iris auffordernd Hans zu. Er scheint nicht abgeneigt. Zu dritt gehen sie zur Lounge des ersten Ranges und setzen sich an ein Tischchen auf der linken Seite. Eine Serviererin von der Bar bringt zwei Gläser Champagner. Sie heisse Elvira Müller und habe in der Theatergruppe des Literaturgymnasiums mitgewirkt, bestätigt die junge Studentin Hans' Vermutungen. Zurzeit studiere sie Theaterwissenschaften und verdiene etwas Geld mit Gelegenheitsjobs, stellt sie sich weiter vor. Ob es ihnen recht sei, wenn sie ihnen zwei Fragebogen gebe. Sie würde sie durch den Inhalt führen und ihnen bei Fragen Rede und Antwort stehen. Wohnort, Alter, Geschlecht, Zivilstand, Wohnsituation, Ausbildung, Beruf, aktuelle Beschäftigung. Freizeitinteressen im Allgemeinen, Fragen zur Musik, zum Theater, zum Ballett und zur Oper im Speziellen. Eine quantitative Publikumsanalyse, denkt Iris, die solche Befragungen von ihrer Tätigkeit beim Verlag her kennt. Ähnliches machen sie, um mehr über die Leserinnenstruktur ihres Frauenmagazins zu erfahren. Hans füllt die Lücken des Fragebogens aus. Beim Zivilstand zögert er, fällt es Iris auf. Wo er ankreuzen solle, fragt er sich, bei verheiratet, bei geschieden oder bei Single. Da er doch erst getrennt sei. Er entscheidet sich für geschieden. Sie ist überrascht. Es war ihr nicht bewusst, dass es ihm mit der Trennung von der Familie so ernst ist. Der Fragebogen ist gut aufgebaut, die Fragen lassen sich meist mit Ankreuzen, einem Wort oder einer Zahl beantworten. Er schliesst mit der Frage, ob sie bereit wären, bei einem geführten Interview mitzumachen. Es lockt ein Jahresabonnement für die Oper, das unter den Mitwirkenden verlost wird. Beide stimmen zu. Setzen am Schluss des Fragebogens die Adressen und ihre Unterschrift. Elvira Müller bedankt sich und verabschiedet sich. Sie würden über Termin und Ort des Interviews direkt kontaktiert werden. Iris prostet Hans zu. Sie mag seine unkomplizierte, direkte Art. Das akustische Zeichen lädt zum zweiten Akt. Die Gesichter der alten Damen sind frisch gepudert, stellt Hans auf dem Weg zurück in den zweiten Rang fest. Die meisten Männer gebärden sich beim Vorbeigehen von Iris wie Don Giovannis, wie unwiderstehliche Verführer, am meisten die Hässlichsten unter ihnen, kommt es ihm vor. Er hasst dieses Spiessrutenlaufen durch Menschenmengen und ist froh, wieder auf seinem Platz zu sitzen. Die Oper gefällt, alle haben sich nach der Pause wieder eingefunden. «Don Giovanni» ist ausverkauft. Die Geschichte fasziniert seit über 200 Jahren. Alle Augen sind auf die Bühne gerichtet, den Ort des Geschehens. Reicht die List Don Giovannis, um seinen Rächern zu entkommen? Gelingt ihm eine nächste Verführung? Die Zuschauer nehmen Partei für Don Giovanni, auch die alten Damen, bereit, sich von ihm insgeheim verführen zu lassen, glaubt Hans. Das

Töten, das Lieben mit der Gewissheit eines guten Endes begeistert das Publikum. Es honoriert die Leistungen der Protagonisten und des Orchesters am Schluss der Aufführung mit einer Standing Ovation. Fünfmal schliesst sich der Vorhang, bis sich der frenetische Applaus in vereinzeltes Klatschen auflöst. Diese Verkleidungsszene mit Leporello und Don Giovanni sei doch ein ganz typisches Element der Opera buffa, nimmt Iris das Gespräch von der Pause wieder auf. Ihre Worte werden vom Zuschauerstrom, der dem Ausgang zufliesst, verschluckt. Hans ist es unangenehm, die Brüste einer älteren Frau in seinem Rücken zu spüren. Er glaubt, keine Luft mehr zu kriegen. Iris tanzt elegant durch die Menschenmenge dem Ausgang zu. Endlich prustet er, froh, dem Gedränge entkommen zu sein. Late Night Dinner. Er habe im «Odeon» einen Tisch reserviert. Iris hängt sich bei ihm ein. Sie schlendern schweigend zum unweit gelegenen Lokal. Ein rundes Tischchen in der Mitte mit einer brennenden Kerze und zwei Gedecken erwartet sie. Er bleibe beim Champagner, antwortet er auf den fragenden Blick des Kellners. Veuve Clicquot. Iris nickt ihm zustimmend zu. Der Kellner entfernt sich. Iris und Hans studieren die Speisekarte. Zurück mit zwei Champagnerkelchen nimmt der Kellner die Bestellung auf. Iris entscheidet sich für einen gemischten Salat, italienisch, die Riesenkrevetten an scharfer Sauce mit Reis. Hans bestellt ebenfalls einen gemischten Salat, italienisch, und ein Beefsteak Tatar. Zum Trinken wählt er eine Flasche Primitivo und Wasser ohne Kohlensäure, einen halben Liter. Der Kellner hat alles auf seinem Computer erfasst, bedankt sich und wendet sich ab. Schweigen. Erst ein Schluck Champagner, denkt sie, nimmt das Glas und prostet Hans zu. Er ist froh über ihre Initiative. Noch leidet er unter den Strapazen beim Verlassen des Opernhauses. Noch glaubt er die unliebsamen Körperkontakte mit wildfremden Menschen, die Männerbäuche, die Frauenbrüste zu spüren. Iris kramt die Presseunterlagen aus der Handtasche. Sie zähle auf seine Unterstützung bei der Besprechung von «Don Giovanni», nimmt sie das Gespräch wieder auf. Er streite nicht mehr mit ihr. Sie habe recht, «Don Giovanni» sei eine Opera buffa, mit dramatischen Elementen. Im «Odeon» herrscht buntes Treiben. Hier trifft man sich, nicht unbedingt nach der Oper, wohl aber nach dem Kinobesuch, vor der Late Night Party oder zum Schlummertrunk. Die gehobene Szene der Stadt, ein gemischtes Publikum. Hans mag das Lokal. Hier fällt er nicht auf und fühlt sich unter seinesgleichen. Iris kennt man im «Odeon». Einmal pro Woche mindestens trifft sie sich mit Kolleginnen und Kollegen zum Apéro oder zu einem kurzen Snack in der Mittagspause, am Abend manchmal zu einem Tête-à-Tête. Heute mit Hans. Der Kellner bringt die bestellten Salate, dazu ein Körbchen mit einem frisch aufgebackenen, fein geschnittenen Vollkornbaguette. Eine Kellnerin serviert die bestellten Getränke. Iris probiert den Wein, nimmt das Glas, hält es kennerisch gegen das Licht, gönnt sich einen kleinen Schluck, lässt den Wein über ihre Zunge dem Gaumen zu sickern, schluckt und bestätigt einen fruchtigen, beerigen Geschmack mit einem nachhaltigen Abgang. Hans anerkennt ihre Weinkenntnisse. Die Kellnerin füllt die Gläser. Hans und Iris geniessen den Salat, das Brot und den Wein. Eigentlich möchte Iris das Gespräch über die Oper fortsetzen. Hans kommt ihr zuvor. Hans. Sie sei eine Frau von Welt. Er bewundere ihre Selbstsicherheit. Selbstverständlich bewege sie sich im Publikum der Oper. Gekonnt berichte sie über Ausstellungen von wichtigen Kunstschaffenden. Sie verstehe etwas von Wein, habe einen guten Geschmack. Sie sei eine aussergewöhnliche Frau, schliesst er den Reigen seiner Komplimente. Iris. Es sei schön, dies zu hören. Hans. Auch mit Komplimenten könne sie umgehen. Iris. Wie er zurechtkomme allein. Ob er für sich koche. Wie er es halte mit der Wäsche, mit dem Putzen, will sie wissen. Hans. Er geniesse es, die kleinen Aufgaben des Alltags zu erledigen. Die Menüs entwickle er beim Einkaufen. Er lasse sich inspirieren von den Farben und Formen des Gemüses, der Früchte. Beim Anblick der Käse stelle er sich den Geschmack im Gaumen vor, um sich zu entscheiden. Beim Fleisch sei das ähnlich. So entwerfe er ein Bild auf dem Teller und kaufe das Entsprechende ein. Es sei nicht schwierig, guten Zutaten den nötigen Raum zu geben, um sich präsentieren, um sich entfalten zu können. Das sei das Geheimnis seiner Küche. Mit der Wäsche mache er es sich einfach. Er habe nur Kleider, die er nicht bügeln müsse, meist dunkelblau, manchmal schwarz, pflegeleicht. Egal ob Hose, Hemd, Slip, Socken oder Pullover. Er habe Garnituren für vierzehn Tage. So komme er mit einem Waschtag pro Woche aus. Eine Maschine für die weisse Wäsche, Leintücher, Frottiertücher, Waschlappen, das eine oder andere Hemd. Eine Maschine für die dunkle Buntwäsche. Freitag sei Putztag: Staubsaugen, Staubwischen, Böden feucht aufnehmen, Bad putzen. Alles gehe im leicht von der Hand. Er geniesse die Arbeit in seiner kleinen Zweizimmerwohnung, die ein sichtbares Resultat hinterlasse. Das sei beim Unterrichten nicht so. Iris. Er spreche wie ein erfahrener Single. Hans. Er schätze es, jetzt seinen eigenen Rhythmus haben zu können. Er sei egoistischer geworden. Er wolle mehr nur für sich schauen. Lesen. Ausgehen. Musik hören, seine Musik. Seit er alleine lebe, schaue er nicht mehr fern. Iris. Da hätten sie etwas gemeinsam. Der Kellner kommt zum Tisch, entfernt die Salatteller und fragt, ob es geschmeckt habe. Frisch und knackig, kommentiert Iris. Wie immer, ergänzt sie. Zwei Kellnerinnen setzen die Teller des Hauptgangs ein. Einmal Riesencrevetten an pikanter Sauce mit Reis. Einmal Tatar hot mit Cognac. Iris und Hans wünschen sich einen guten Appetit und widmen sich dem Hauptgang. Kaum jemand würde merken, dass sie sich erst vor einem Monat nach mehr als zwanzig Jahren Unterbruch das erste Mal wieder getroffen haben. Sie scheinen irgendwie vertraut, wirken aber nicht alltäglich. Nicht fad, trist, spannungslos, langweilig, stereotyp, hohl, monoton wie ein altes Paar. Nein, sie sind rücksichtsvoll, achtsam, aufmerksam, ungezwungen, respektvoll im Umgang mit sich dem Servicepersonal, den anderen Gästen. Hans kämpft mit dem Tatar. Zieht ein Stück Toast aus dem Körbchen, öffnet das Silberpapier der Portion Butter, legt beides auf den kleineren der beiden Teller. Er giesst den Cognac im kleinen Schwenker über das fein gehackte, mit Kapern, Sardellenstücken, Zwiebeln, Gurken, Eigelb vermischte und mit Pfeffer, Salz, Paprika, Tabasco, Worcestershire-Sauce gewürzte Fleisch auf dem mit Petersilie und Tomatenstücken dekorierten Teller. Iris nutzt die Gelegenheit und lenkt das Gespräch zurück auf die Besprechung der Oper. Sie hat sich den Aufbau für den Artikel über die Oper im Kopf zurechtgelegt. Titel, Untertitel, Lead, Stück, Ort, Premiere, kurze Einführung in die Geschichte, obwohl man den Inhalt eigentlich bei den Leserinnen und Lesern sollte voraussetzen können. Darauf die Kritik der Leistungen der Sängerinnen und Sänger, des Chors, des Orchesters, des Dirigenten. Ein Kommentar zur Inszenierung zur Regie. Zum Bühnenbild. Zum Schluss ein summarischer Gesamteindruck und die weiteren Aufführungsdaten. Iris. Don Giovanni. Verführer kehrt ans Opernhaus zurück. Publikum dankt es ihm mit einem frenetischen Applaus. Was er zu diesen Titeln meine, fragt sie ihn. Hans. Zu reisserisch. Zu dramatisch. Etwas übertrieben vielleicht. Es falle ihm aber nichts Besseres ein. Iris. Wie er die Leistungen der einzelnen Figuren beurteile, des Don Giovanni, des Komturs, der Donna Anna, des Don Ottavio, der Donna Elvira, von Leporello, Masetto und der Zerlina, des Chors? Hans. Leporello habe ihm am besten gefallen, weniger vielleicht wegen der Qualität der Stimme. Aber sein Spiel, die Gesten, die Mimik, seine Bewegungen auf der Bühne und nicht zuletzt seine Rolle hätten ihn angesprochen. Die Bassstimme des Komturs habe trotz des kurzen Auftritts – er sei ja nur zum Sterben und als Rache nehmender Geist auf der Bühne aufgetreten – überzeugt. Don Giovanni habe seine Aufgabe mehr als erfüllt, er habe nicht nur verführt, sondern auch geführt, durch den ersten und den zweiten Akt hätten seine Auftritte den roten Faden gebildet, Chor, Orchester und die anderen Solistinnen und Solisten zu einem Ganzen verwoben, das mehr geboten habe als die Summe seiner Teile, zitiert er lächelnd Aristoteles. Bei den Frauenstimmen habe ihm Zerlinda, die Bäuerin, am besten gefallen, obwohl er nicht sagen könne, dass die anderen Frauenstimmen abgefallen seien. Chor und Orchester hätten ein solides Fundament für das Geschehen auf der Bühne geboten. Der Dirigent sei seiner Leitungsrolle vollends gewachsen gewesen. Er sei ja auch bekannt dafür und habe in der Welt der Oper einen grossen Namen. Iris. Sie müsse ihm widersprechen. Nicht in allem, aber bei den Frauenstimmen sei ihr die Donna Anna besonders positiv aufgefallen und ihre Stimme habe wesentlich mehr Kraft, besonders in den höheren Stimmlagen, als die Stimme der Zerlina. Und. Die Rolle des roten Fadens, der die einzelnen Szenen der beiden Akte verwoben habe; würde sie eher Leporello zuschreiben, nicht der Stimme, aber wie er treffend beschrieben habe, seinem Spiel, seiner schauspielerischen Qualität. Dass die Bassstimme des Komturs nur so kurz zu geniessen gewesen sei, habe sie auch bedauert. Er habe mit dieser Stimme das Zeug zu einem Verführer gehabt, schmunzelt sie und spielt auf die tiefe Stimme ihres Begleiters an. Hans wäre wohl eher ein Bass als ein Bariton, denkt sie. Ob sie noch einen Schluck Wein möge, fragt Hans. Sie sieht sich bestätigt. Eine Bassstimme. Das gefällt ihr. Nicht eine ganze Flasche, erwidert sie. Hans winkt den Kellner heran und bestellt einen halben Liter. Iris. Das Duell zwischen dem Komtur und Don Giovanni sei mit der Wahl der Waffen – zwei Pistolen – gewagt inszeniert. Überhaupt brauche es Mut, die Geschichte aus dem historischen Kontext ihrer Entstehungszeit zu reissen und in die Zeit der Jahrhundertwende zu transformieren, meint sie. Hans. Für ihn sei dieses Wagnis gelungen. Das schlichte, im Art déco gehaltene Bühnenbild habe dies vortrefflich unterstützt. Es schlage gleichsam eine Brücke in die Gegenwart. Es habe für die dynamisch inszenierte und konzertierte Interpretation von Mozarts «Don Giovanni» einen idealen Rahmen geboten und mit dazu beigetragen, dass die Geschichte von Verführung, Mord und Liebe nicht an Aktualität eingebüsst habe. Das ist mehr als die halbe Kritik, denkt sie und lehnt sich mit vollem Bauch bequem zurück.

2. Akt: Das Interview

Ob es ihm am kommenden Mittwoch gegen Abend recht sei, fragt ihn die bekannte Stimme seiner ehemaligen Studentin. Perfekt. – Es klingelt. Das muss sie sein. Hans öffnet und bittet sie herein. Sie trägt ihr halblanges hellbraunes Haar hochgesteckt und gibt ihren schönen weissen Hals frei. Er muss sich zusammenreissen, um sein Verzücken nicht mit Lauten zu verraten. Ob er ihr den Mantel abnehmen dürfe. Sie stellt ihre Tasche auf den Boden und dreht sich ihm mit dem Rücken zu, streift den Mantel ab, den er sorgfältig in der Garderobe über einen Bügel hängt. Er bittet sie ins Wohnzimmer einzutreten und Platz zu nehmen. Sie setzt sich in den Corbusier-Sessel mit dem schwarzen, abgenutzten Leder. Er passt. Sie fühlt sich wohl. Modulor, als sei er auf ihre Körpergrösse zugeschnitten. Was sie trinken wolle? Wasser wäre ihr recht. Mit. Nein ohne, es könne vom Hahnen sein. Hans verschwindet in der Küche und kommt mit einem Glaskrug und zwei Trinkgläsern aus Hergiswil zurück. Er stellt Krug und Gläser auf den Beistelltisch von Eileen Gray und setzt sich vis-à-vis auf die Onda, ein geschwungenes rotes Sofa von Zanotta. Er hat Geschmack, denkt sie, lehnt sich bequem zurück und nippt an dem kühlen, erfrischenden Wasser. Hans nimmt auch einen Schluck. Studentin und Professor sind auf Augenhöhe. Ob es ihr recht sei, wenn er sie mit Elvira anspreche, er prostet ihr mit dem Wasserglas zu. Hans, sie nickt. Smalltalk. Sie wippt lässig mit den Unterschenkeln. Ihre Diesel-Jeans spannen sich über die Wadenmuskulatur. Ihre Füsse stecken in pinken Gianvito Rossi Uncle Boots. Im Ausverkauf erstanden, beantwortet sie den Blick von Hans auf ihre Schuhe. Sie liebe Marken. Ihm gehe es auch so. Er vertraue auf gute Namen, lächelt er. Das mache ihm das Einkaufen leichter. Bis jetzt habe es gut funktioniert. Wie es ihr ergehe im Studium, will er wissen. Sie erzählt von den Vorlesungen, von der Langeweile, von den anstrengenden Seminaren, von den anspruchsvollen Prüfungen. Schon bald sei es die Letzte. Und dann, will er wissen. Reisen. Sie habe zudem die Aussicht auf ein Praktikum als Intendantin im Rosa Luxemburg Theater an der Volksbühne Berlin. Das töne gut, bemerkt er. Von seiner Seite gebe es nicht viel zu erzählen. Es sei wie zu ihrer Zeit. Es gefalle ihm immer noch, täglich jungen Menschen zu begegnen. Zu diskutieren über die Klassiker, über die Bestseller. Er gewinne immer wieder neue Perspektiven, überraschende Sichtweisen, die ihn zu neuen Schlüssen bringen würden. Vor allem, was sein Leben betreffe. Irgendwie gelinge es ihm, seine persönlichen Interessen mit den beruflichen zu verbinden. Die aktuelle deutsche Literatur, die Kultur mit ihren verschiedenen Sparten zu vernetzen, die Gymnasiastinnen und Gymnasiasten interessierten ihn. An sie habe er nur die besten Erinnerungen. Lacht. Elvira ist verlegen. Sie kann noch nicht abgeklärt mit Komplimenten umgehen. Bringen wir es hinter uns, fordert er seine ehemalige Studentin auf, mit dem Interview zu beginnen. Sie holt die Unterlagen aus ihrer schwarzen Liebeskind-Tasche, die sie neben sich auf den Boden gestellt hat. Kreuzt die Beine und wippt lässig mit ihrem rechten Fuss. In der Hand einen Stilo von Mont Blanc. Ein Geschenk ihres Vaters zum letzten Geburtstag. Ihrem fünfundzwanzigsten. Auf den Knien ein MacBook Air. Zuerst noch einmal die soziodemografischen Fakten: Name. Vorname. Adresse. E-Mail. Handy. Alter. Zivilstand. Kinder. Ausbildung. Beruf. Arbeitgeber. Einkommen. Ob das mit dem Einkommen sein müsse, fragt er. Ungefähr. Sie hätten etwa fünf Einkommensklassen. Drei bis fünftausend. Fünftausend bis siebentausend. Siebentausend bis neuntausend. Neuntausend bis zwölftausend. Zwölftausend bis fünfzehntausend. Mehr. Mehr hätte er gern. Wer hätte nicht gern mehr. Also fünfzehntausend. Ungefähr. Sie kreuzt das entsprechende Feld an. Jetzt zu den Fragen. Zuerst ein paar weitere Fakten. Ob er ein Jahresabonnement habe? Wenn ja, welches? Wie oft er in die Oper gehe? Wie er sich über das Programm informiere? Wann er das letzte Mal in der Oper gewesen sei? Welches der Titel des Werks gewesen sei? Welches die Hintergründe gewesen seien, diese Oper zu hören? Welches sein bevorzugter Komponist sei? Beziehungsweise Komponistin? Hans ist verlegen. Komponistin? Kennt er keine. Was er von zeitgenössischen Opern halte? Was ihm an der Oper besonders gefalle? Was er vom heutigen Opernbetrieb erwarte? Wie er die Eintrittspreise beurteile? Welche Rahmenbedingungen erfüllt sein müssten? Wie er die zukünftige Entwicklung des Opernbetriebs beurteile? Hans antwortet spontan, passt sich dem Schreibtempo Elviras, der Interviewerin, an, die alles in ihrem Laptop eintippt. Sie kommen gut voran. Die Unsicherheit ist gewichen. Sie sind sich vertraut. Faszinieren sich gegenseitig. Noch einen Schluck Prosecco. Gern. Hans entkorkt eine Flasche. Stellt zwei Kelche auf das Beistelltischchen von Eileen Gray. Räumt das Wasser weg. Vergessen die Rolle des Professors, der Studentin. Herzliches Lachen. Gegenseitiges Zuzwinkern beim Anstossen. «Don Giovanni» geht zu Hause über die Bühne. Elvira entwickelt sich zur bezaubernden Geliebten. Hemmungen bauen sich ab. Die Schuhe ausgezogen, setzt sie sich lasziv neben Hans, ihren Don Juan. Bereits als Studentin hatte sie entsprechende Fantasien. Er gefiel ihr, der Herr Professor. Sie war nicht die Einzige. Oft tauschte sie die wildesten Gedanken mit ihrer besten Freundin aus. Es gipfelte bis zu Orgien zu dritt. Hans weiss nichts davon. Die gegenwärtige Situation geniessen. Leben im Jetzt. Don Giovanni, Kunst ist Leben. Der Abend dauert. Als hätte er alles geplant. Für einen Risotto habe er alles im Haus. Ob ihr das recht wäre. Sie begeben sich gemeinsam in die Küche. Sie setzt sich auf die Abdeckung neben dem Herd und beobachtet ihn, wie er gekonnt Zwiebeln schneidet, alle notwendigen Zutaten hat er sorgfältig bereitgelegt. Ein Sternekoch, witzelt sie, als sie ihn auf die Mise en Place aufmerksam macht.

Elvira deckt den Tisch. Ein angenehmer Geruch erfüllt die Küche. Hans öffnet eine Flasche Valpolicella ripasso. Es ist serviert. Das Tête-à-Tête nimmt seinen Lauf. Warum er sich getrennt habe? Sie hätten sich auseinandergelebt, die erwartete Antwort. Und sie. Ob sie keinen Freund habe? Nichts Ernstes. Das passt. Sie geniessen den Risotto, er schmeckt, hat den nötigen Biss und ist trotzdem sämig. Wo er kochen gelernt habe? Das habe sich so ergeben. Seit er alleine lebe, koche er des Öfteren. Schliesslich esse er auch gerne gut. Er denke, er sei ein Geniesser. Kein Kostverächter. Hans mustert sie. Elvira gefällt ihm. Sie verrät ihm ihre Gefühle aus der Zeit am Gymnasium. Der Wecker reisst Hans aus dem tiefen Schlaf, seinem süssen Traum. Auf und ab in den Alltag. Zum Unterrichten. Heute Abend kommt Elvira für das Interview. Iris wird auch anwesend sein. Hans freut sich über den Gedanken, Hahn im Korb zu sein.

Die Schulglocke

28 glänzende Kinderaugen blickten erwartungsvoll zu Mario. Mario, der Klassenlehrer, sass am Pult über sein Buch gebeugt und las in einem Krimi von Leonardo Saccia. Die Schulglocke läutete. Mario schaute in die neugierigen Kindergesichter. Dabei fiel ihm auf: Luigis Platz war leer. «Wo ist Luigi?», fragte er in die Klasse. Die kleine Maria, die Erstklässlerin, wollte ihn gestern auf dem Schulweg nach Hause zum letzten Mal gesehen haben. Er sei alleine unterwegs gewesen und habe das Fahrrad den steilen Weg hinaufgestossen. Hoffentlich war ihm nichts passiert. Mario schlug vor, dass jede Schülerin, jeder Schüler das Bibliotheksbuch zur Hand nimmt und liest. «Wir warten, bis Luigi kommt.» Das Schulzimmer wurde zum Lesesaal. Jedes Kind schmökerte in seiner persönlichen Lektüre. Mario vertiefte sich wieder in seinen Roman. – Eine Viertelstunde verstrich. Luigi war noch immer nicht eingetroffen. «Willst du nicht anrufen?», fragte Franca, die Viertklässlerin, Mario, den Klassenlehrer. «Geben wir ihm noch eine Viertelstunde», antwortete er. Alle schienen sich um Luigi zu sorgen. Sie wussten, sein Schulweg war gefährlich. Und eigentlich konnte man sich auf Luigi, den Klassenältesten, den Neuntklässler, verlassen. Er war pünktlich und zuverlässig. Für die jüngeren Schülerinnen und Schüler war er wie ein grosser Bruder, für manche gar ein Vorbild. Er war sportlich, hilfsbereit, verständnisvoll. «Willst du nicht anrufen?», insistierte Franca ein zweites Mal, als es an die Tür klopfte und diese darauf aufsprang. Luigis Gesicht lugte herein. «Gott sei Dank», seufzte

Mario erleichtert, «Gott sei Dank ist dir nichts passiert», stimmten die Schüler ein. «Komm, erzähl, was ist geschehen?», empfing Mario den verspäteten Schüler erleichtert. Luigi setzte sich an seinen Platz, holte tief Luft und begann zu erzählen. Er sei mit seinem Fahrrad den steilen Stutz heruntergesaust, als er plötzlich im Gebüsch einen Fasan habe liegen sehen. Er habe das Fahrrad gebremst und sei zurück den Stutz hinaufgestiegen, um nach dem Fasan zu sehen. Leider habe er feststellen müssen, dass er dem Fasan nicht mehr habe helfen können. «Und, wo ist er jetzt, der Fasan?», wollte Pedro wissen. Er habe ihn auf den Gepäckträger geklemmt, mitgenommen und jetzt hänge er draussen in der Garderobe. «Hol ihn», forderte Mario seinen ältesten Schüler auf. Luigi ging zurück in die Garderobe und kam mit einem wunderschönen grossen, braunen Fasan mit grünem Kopf, einem Männchen, zurück. Er hielt ihn an den Füssen und legte ihn sorgfältig auf den Tisch vor der Wandtafel. Mario nickte und schon sassen die fünfzehn Kinder der Schule von San Giovanni del Croce versammelt um den Fasan. «Wie schön er ist», staunte Franco. Maria traten Tränen in die Augen. «Ich bin traurig", sagte sie. «Warum musste er sterben? Wo er doch so schön ist.» – Mario war ratlos; er wusste es nicht, und überhaupt fiel es ihm nicht leicht, über den Tod zu sprechen. Maria liess nicht locker, sie wollte wissen, warum der Fasan habe sterben müssen. Luigi stellte erste Vermutungen an. In der Nähe sei kein Bauernhaus, auch kein Hühnerstall. Der Fasan müsse wahrscheinlich von einem Fuchs überwältigt worden sein, glaubte er. Der habe ihn getötet und auf dem Weg zur Höhle sei ihm die

Beute zu schwer geworden oder jemand habe ihn überrascht, deshalb habe er ihn zurückgelassen. Pedro schaute
sich den Fasan näher an. Maria liess sich kaum trösten.
Franca hatte sie in die Arme geschlossen. Mit langsamen
Bewegungen streichelte sie das dunkle, lockige Haar der
Jüngsten der Klasse. Mario zog vorsichtig an den beiden
Flügeln des Fasans. Die Handschwingen fehlten, bemerkte
er, die Flügel waren gestutzt. Die Spannweite beeindruck-
te trotzdem. Es war ein stattlicher Fasan. Carla gefielen
die bunten Federn auf der Brust besonders gut. Die Farben
leuchteten im Morgenlicht des Klassenzimmers. Ähnliche
Farben fanden sich bei den Schwanzfedern, die in Farbe
und Form fast gar an einen braun-rot-gelb-grünen Regen-
bogen erinnerten. Pedro hatte eine Idee. «Dürfen wir den
Fasan zeichnen?» «Ja», bat Maria, die sich mit einer schönen Zeichnung vom Fasan trösten wollte. Mario holte das
Material aus dem Schrank, Papier, Buntstifte, Pinsel, Farb-
kasten. Alle machten sich an die Arbeit. Maria begann mit
dem fleischigen roten Kamm über dem gebrochenen Auge.
Luigi interessierte sich für die Füsse. Die scharfen Krallen
waren ihm aufgefallen. Die ledrige schuppenartige Haut
der Füsse hielt er konzentriert auf seinem Blatt fest. Mario
beobachtete die Schülerinnen und Schüler bei der Arbeit.
Gab den einen oder anderen Tipp, erklärte beiläufig die
Funktionen der Deckfedern, der Daunen, der Schwingen
und der Schwanzfedern. Alle hörten sie aufmerksam zu,
während sie zeichneten und ihre individuellen Beobach-
tungen auf ihrem Blatt festhielten. Nach der grossen Pause hingen die Werke der Schülerinnen und Schüler an der
Wand gegenüber der Fensterfront. Fünfzehn Arbeiten, eine

besser als die andere, dachte Mario, zusammen ergaben sie eine Annäherung an das Wesen, die Erscheinung des Fasans auf dem Tisch. Luigi nahm den Fasan genauer unter die Lupe, rupfte die Federn. Maria bastelte damit gemeinsam mit Franca einen Indianer-Kopfschmuck. Die Älteren drangen mit der Hilfe von Mario zu den Innereien des Fasans vor. Sie holten die Eingeweide heraus, beschrieben, zeichneten Nieren, Leber, Lunge, Herz, Magen und Darm. Pedro interessierte sich für die Verwandten des Fasans in der freien Wildbahn. Gemeinsam mit Carlo suchte er nach Informationen im Internet und im Lexikon. Sie stiessen auf die Geschichte der Domestizierung der Hühnervögel. Die Informationen führten sie nach Asien. Das Klassenzimmer glich einem Forschungslabor, alles drehte sich um den toten Fasan, die Zeit verstrich im Nu. Die Schulglocke läutete zur Mittagspause. «Dürften wir am Nachmittag weiterarbeiten?» Ja, der tote Fasan werde sie noch lange beschäftigen, antwortete Mario, zufrieden mit dem gelungenen Schulvormittag.

Fräulein Leuenberger

Heute ist Frauentag. Der Tag von Fräulein Leuenberger. Der Kioskverkäuferin im Quartier. «Guten Tag, Frau Leuenberger.» «Fräulein Leuenberger», echote es zwischen den geöffneten Scheiben der Kioskfront im Parterre des Blocks. Sie war Fräulein Leuenberger, sie blieb Fräulein Leuenberger, obwohl sie schon über sechzig war. Sie war stolz, Fräulein Leuenberger zu sein. Sie war alleinerziehende Mutter. Hatte eine Tochter. Eine Fräulein Leuenberger. – «Guten Morgen, Frau Leuenberger.» «Fräulein Leuenberger.» Tag für Tag wiederholte sich dieses Spiel mit der Anrede. Ihre hauptsächlich männlichen Kunden waren das Fräulein nicht mehr gewohnt. Fräulein Leuenberger rief ihnen den Begriff immer wieder in Erinnerung. Mit ihrem Namensschild, das an ihrer Jacke steckte. Fräulein Leuenberger war ein Fräulein geblieben. Versteckte sie hinter dem Fräulein die uneheliche Tochter? Fühlte sie sich als Fräulein Leuenberger jünger, glaubte sie so, über ihr fortgeschrittenes Alter hinwegzutäuschen? Fräulein Leuenberger öffnete den Kiosk jeden Morgen pünktlich um 05:30 und schloss ihn abends um 18:30 Uhr. Lange Tage. Sie war da, blieb da, den ganzen Tag. Um die Mittagszeit dampfte hinter der Glasscheibe ein Teller mit Essen. Vorgekochtes, das sie auf einer kleinen Herdplatte aufwärmte. Ihre Dauerwelle umrahmte ihr rundes Gesicht. Der verschmitzte Blick ihrer kleinen mandelförmigen Augen lugte über den Brillenrand ihres zeitlosen metallenen Brillengestells. Meist trug sie einen schwarzen Baumwollpullover. Darüber eine schwarze Baumwolljacke. «Guten Morgen, Fräulein Leuenberger. Wie geht es

Ihnen?» «Danke, gut. Und Ihnen, Herr Meier?» Er antwortete nicht. «Mit?», fragte Fräulein Leuenberger. «Wie immer», antwortete Herr Meier. Nahm die «Neue Zürcher Zeitung» gefaltet entgegen. Legte den abgezählten Geldbetrag in die runzligen Hände von Fräulein Leuenberger. Sie kannten sich. Sie waren miteinander älter geworden. Viel wussten sie voneinander nicht. Fräulein Leuenberger wusste mehr. «Guten Morgen, Herr Müller.» «Fräulein Leuenberger.» Das waren die Stammkunden. . Sie pflegten gemeinsam das Geheimnis einer «Neue Zürcher Zeitung» «mit». Das «Mit» war bei Meier der «Blick», eine Boulevardzeitung. Bei Müller einmal die Woche das «Schlüsselloch», ein bescheidenes Sexheftli. Fräulein Leuenberger kannte ihre Pappenheimer mit ihren Geheimnissen. Sie war eine Eingeweihte. «Grüezi, Frau Leuenberger.» «Fräulein Leuenberger», korrigierte sie ihn, den Dobler. Er kam einmal die Woche, kaufte sich eine Packung Rössli Stumpen. Er wohnte im dritten Stock des Blocks. Er wusste um den Umstand, dass Frau Leuenberger mit Fräulein Leuenberger angesprochen werden wollte. Es gefiel ihm, sie mit seiner Anrede, Frau Leuenberger, zu ärgern. Ärgern liess sie sich nicht. Fragte man sie nach dem Dobler, erzählte sie hinter vorgehaltener Hand vom Pantoffelhelden im Block und zwinkerte mit dem linken Auge. Seine Frau halte ihn kurz, munkelte man. Rauchen müsse er heimlich. Fräulein Leuenberger wusste es. Sie war eine Verbündete. Sie verriet ihn nicht, wenn sich die Dobler, seine Frau, die «Glückspost» holte. Was jeweils dauerte. Sie wusste immer vieles zu erzählen. Über alle im Block lästerte sie. Über die Ausländer. Die Jungen. Die biederen «Bünzlis». Fräulein Leuenberger hörte geduldig zu. Widersprach nicht. Oft wiederholte sich die Dobler. Erzählte mehrere Wochen das Gleiche. Die Sieber war ganz anders. Sie besorgte sich die «Schweizer Illustrierte». Jede zweite Woche mit einer Tafel Suchard-Schokolade, «die mit Milch, ohne Nüsse», präzisierte sie ihre Bestellung. Meist hielt Fräulein Leuenberger das Gewünschte schon bereit, weil sie wusste, wann die Sieber vorbeikommen würde. Die Sieber war verschwiegen. Über sie erzählte man sich aber einiges. Sie arbeite als Sekretärin. Sie habe einen Freund. Einen verheirateten. Ihren Chef. Das könne nicht mehr lange gut gehen. Es ging über sieben Jahre so, wusste Fräulein Leuenberger. Eine erfrischende Abwechslung waren die Kinder aus dem Quartier. Sie waren Fräulein Leuenbergers liebste Kundschaft. Eine Herausforderung. Da musste sie auf der Hut sein. Selbst wenn eines der Kinder allein kam, musste Fräulein Leuenberger aufpassen. Sie waren flink mit ihren kleinen Händen. Lenkten mit der Rechten auf ein Magazin in der Auslage, für das sie eigentlich noch zu jung waren, um gleichzeitig mit der Linken einen Kaugummi in die Tasche zu stecken und schliesslich eine Schokolade ordentlich zu kaufen und zu bezahlen. Wenn Fräulein Leuenberger sie ertappte, was meistens der Fall war, bat sie die junge Kundschaft, den Kaugummi, den sie in die Tasche gesteckt hatten, noch zu bezahlen. Oft fehlte dafür das Geld. Ohne grosses Aufsehen konnten sie die gestohlene Ware zurücklegen. Sie mochte die kleinen Möchtegerndiebe. Kamen sie in kleinen Gruppen, durchschaute Fräulein Leuenberger ihre Absichten schnell. Sie forderte sie auf, sich in eine Reihe zu stellen. In der Regel hatte nur eins der Kinder Geld, um sich etwas Süsses kaufen zu können. Fräulein Leuenberger fasste sich dann ein Herz und verteilte allen der Gruppe einen Zehnermocken, eine kleine süsse Kugel mit fruchtigem Geschmack. Einmal in der Woche kam die Lernende der Arztpraxis und holte die aktuellen Wochenzeitschriften fürs Wartezimmer. Auch die Coiffeuse vom gegenüberliegenden Geschäft schickte ihre Lernende. Die Titel waren unterschiedlich. Das war für Fräulein Leuenberger mittlerweile aber reine Routine. Mit einem Gummiband hielt sie die gerollten Heftchen bereit. Einmal im Monat fielen die Rollen etwas dicker aus, wenn die Monatszeitschriften dazukamen. Kaum hatte Fräulein Leuenberger den Rollladen vor den Glasfenstern hochgezogen, holte sich der Hermann, der Bäcker im Quartier, den «Blick». Wenig später kam der Winistörfer. Der vom Spezereiladen kaufte das «Tagblatt» mit. Er wollte nicht, dass man wusste, dass er auch den «Blick» regelmässig las. Kurz vor sieben kamen die Werktätigen aus dem Quartier, die mit dem Bus zur Arbeit fuhren. Die meisten kauften sich eine Tageszeitung. Am Abend kamen die Heimkehrer vom Bus und kauften sich ab und an ein Magazin. Das waren die Anonymen. Fräulein Leuenberger kannte sie. Nicht mit Namen. Aber ihre Gesichter konnte sie sich merken. Das Geschäft lief gut. Genug verdienen konnte sie damit aber nicht. Am Abend sass sie im Kino in der Stadt an der Kinokasse. Manchmal war es den Kinobesuchern peinlich, wenn sie bei einem einschlägigen Film Fräulein Leuenberger an der Kinokasse erkannten. Es waren die, die am Kiosk die Zeitung «mit» kauften. Das «Mit» war dann ein

116

«Playboy» oder ein anderes Sexheftli. Sie wussten aber: Auf das Fräulein Leuenberger war Verlass. Sie war verschwiegen. An einem Morgen blieb der Rollladen im Parterre vor den Glasfenstern geschlossen. Der Hermann, der Bäcker, wartete vergebens. Frau Leuenberger, das letzte Fräulein der Strasse, sei verstorben, wusste die Dobler zu erzählen, als sie am Morgen in die Bäckerei kam. «Eine wunderbare Frau» bedauerte der Hermann, der Bäcker.

FSC
www.fsc.org
MIX
Papier | Fördert
gute Waldnutzung
FSC® C083411

Zeitfracht Medien GmbH
Ferdinand-Jühlke-Straße 7
99095 Erfurt, Deutschland
produktsicherheit@kolibri360.de